PASA EL TIEMPO CON

ORGULLO Y PREJUICIO

Creado por
IL CARTAVOLANTE

Traducción de Beatriz García Alonso

ANAYA

Carta de bienvenida

Como todo buen lector sabe, un libro es la puerta de acceso a un mundo desconocido e inexplorado: un pasaje a tierras lejanas, a épocas pasadas o a futuros alternativos. Recorrer sus páginas es como cruzar el umbral para emprender un viaje larguísimo del que, al final, e inevitablemente, todos volvemos diferentes. Un acto de imaginación e identificación que enriquece y emociona, y ayuda al lector a conocerse mejor a sí mismo.

Pero ¿y si, en vez de disfrutar de un viaje imaginario, pudieras vivir en primera persona las aventuras narradas en un libro? ¿Y si, en lugar de leer ávidamente las páginas de *Orgullo y prejuicio*, de pronto te transportaras al Meryton de principios del siglo XIX y te metieras en la piel de una mujer de campo o de un caballero acomodado? ¿Acaso serías capaz de acatar los temerarios planes matrimoniales de la señora Bennet, de mantener una conversación a la altura de lady Catherine de Bourgh o de asumir los rígidos dictámenes que imponía el protocolo de la época?

Seguro que ya has leído *Orgullo y prejuicio* una docena de veces, pero ¿realmente eso será suficiente para mantenerte a salvo de los riesgos y peligros que entraña una fuga precipitada o para escapar de los maliciosos cotilleos de la alta sociedad? Pon a prueba todo lo que sabes sobre una de las obras más famosas de la literatura, su extraordinaria autora, sus personajes y la era en que vivieron. Nos encargaremos de proporcionarte el conocimiento y las instrucciones precisas para que tú solo te dediques a disfrutar del viaje.

Jane Austen

Datos curiosos

Diez cosas que debes saber sobre JANE AUSTEN

Al leer, encuentra el hecho o la afirmación incorrectos.

1 Jane Austen nació el 16 de diciembre de 1775 y fue la séptima de ocho hijos: James, George, Edward, Henry, Cassandra, Francis, Jane y Charles.

2 El señor Austen era clérigo y poseía una vasta biblioteca de ensayos y novelas. Dicha biblioteca estaba al alcance de sus hijos, quienes, desde una edad muy temprana, provistos de material de escritura, componían pequeñas obras teatrales que luego representaban ante toda la familia.

3 En 1790 Jane escribió *Amor y amistad*, una comedia satírica con la que empezó a tomarse en serio el arte de la escritura.

4 Fue surgiendo un interés mutuo entre ella y su vecino Tom Lefroy que culminó en un noviazgo. Por desgracia, la familia de Lefroy no vio con buenos ojos la unión, pues no aportaba ningún beneficio económico a Tom, así que la joven pareja terminó rompiendo su relación.

5 En 1799 terminó *Elizabeth y Jane*, que más tarde se convertiría en *Orgullo y prejuicio*. Su novela más famosa permaneció diez años escondida en un cajón hasta que alguien se decidió a publicarla.

6 A los veintisiete años recibió su primera y única proposición de matrimonio. Aunque inicialmente dijo que sí al señor Bigg-Wither, una noche de insomnio la hizo cambiar de opinión. Y es que, aunque se trataba de un hombre respetable, Jane no estaba enamorada de él.

7 En 1811, y gracias a la ayuda de su hermano Henry, que hizo las veces de su agente, *Sentido y sensibilidad* fue aceptada y publicada y recibió un sinfín de críticas favorables. Este éxito fue seguido por *Orgullo y prejuicio* (1813), *Mansfield Park* (1814) y *Emma* (1816).

8 En 1817 comenzó a trabajar en su última novela (que más tarde fue publicada como *Persuasión*), pero solo llegó a terminar los once primeros capítulos. Su salud empezaba a quebrarse, y la enfermedad acabó dejándola postrada en cama.

9 Falleció ese mismo año y dejó casi todo a su «queridísima hermana Cassandra». Pocos días después de su muerte, fue enterrada en la catedral de Winchester.

10 Tras su muerte, Cassandra y Henry publicaron póstumamente *Persuasión* y *La abadía de Northanger*.

La fiesta del té

En tiempos de Jane Austen, todo el mundo soñaba con ser invitado a las suntuosas fiestas del té que se organizaban en elegantes parques con música y espectáculos de todo tipo. Para comprobar si estás en condiciones de asistir a uno de estos importantes eventos, demuestra todo lo que sabes sobre esta infusión, que es una de las bebidas más apreciadas por los ingleses. Para ello, indica si las respuestas son verdaderas (V) o falsas (F).

	V	F
1. Antes de 1800 se bebía cerveza para desayunar.	❑	❑
2. En tiempos de la Regencia, el azúcar se servía en terrones.	❑	❑
3. El té era barato.	❑	❑
4. Se desayunaba chocolate.	❑	❑
5. Casi la mitad del té que se bebía en Inglaterra era de contrabando.	❑	❑
6. Las criadas revendían las hojas de té usadas después de secarlas.	❑	❑
7. En el mercado existía un té falso que podía ser venenoso.	❑	❑
8. Las mujeres también tenían permitida la entrada a las *coffee houses*.	❑	❑
9. El té llegó a Europa en 1800.	❑	❑
10. Al principio, el té se consideraba una medicina para numerosas enfermedades.	❑	❑
11. También se bebía té después de cenar.	❑	❑
12. El té se servía a las cinco.	❑	❑
13. Las señoras de la casa eran las encargadas de servir el té.	❑	❑

Test de afinidad

El soltero de oro

Descubre lo que te atrae.

INICIO

¿Con quién te gustaría tomar el té?
- La señora Bennet → Los hombres...
- Lady Catherine → Tu mayor defecto es...

Los hombres...
- Los estúpidos son los únicos a los que vale la pena conocer. → Las sombras de Pemberley son...
- ¿Qué son los hombres en comparación con las rocas y las montañas? → Un rechazo...

Las sombras de Pemberley son...
- ¡Elegantes y majestuosas! → Un rechazo...
- ¡Para profanar! → Mi casa ideal

Tu mayor defecto es...
- Malinterpretas a todo el mundo. → Mi casa ideal
- Odias a todo el mundo. → En una fiesta...

Un rechazo...
- Mortifica la vanidad. → El matrimonio es...
- Fortalece el amor. → Señor Collins

En una fiesta...
- Eres el alma de la fiesta. → Mi casa ideal
- Estás solo y juzgas a todos. → Señor Darcy

Mi casa ideal
- Tiene una chimenea de 800 libras. → El matrimonio es...
- Tiene un lago precioso. → Señor Darcy
- Es una tienda de campaña romántica bajo un cielo estrellado. → Wickham

El matrimonio es...
- La forma más agradable de protegerse frente a la pobreza. → Wickham
- Algo absolutamente sobrevalorado. → Señor Collins

SEÑOR DARCY

EL RICO ESNOB

Pese a su orgullo y habitual grosería con amigos y parientes, el señor Darcy esconde unas cualidades innegables. Sus ingresos de 10 000 libras y una finca de ensueño hacen a este cascarrabias absolutamente irresistible.

WICKHAM

UN DESCARADO EN UNIFORME

Si te gustan las grandes emociones y las sorpresas, no hay duda de que Wickham es el hombre perfecto para ti. Siempre es el centro de atención, por lo que con él ninguna dama pasará desapercibida. Gracias a su buen humor y optimismo, es perfecto para una auténtica escapada romántica.

SEÑOR COLLINS

UN GUAPO CON NEURONAS

Bueno, vale, quizás hablar de guapura sea algo exagerado, pero, entre el sermón y la oración, el señor Collins tiene una gran estabilidad que ofrecer y toda la dulzura de una pequeña rectoría rural aprobada por lady Catherine. ¡Se hace difícil rechazarlo!

Lettering

Una caligrafía elegante es signo de refinamiento y distinción. Por ello, como requisito imprescindible para tu viaje, deberás trabajar la caligrafía. Para empezar, vamos a practicar la escritura correcta de cada una de las letras del alfabeto. Traza cuidadosamente cada letra empezando por el punto y siguiendo la dirección indicada por la flecha. Ten en cuenta que todas las letras se hacen con un solo trazo, excepto la f, la ñ, la t y la x.

a
b
c
d
e
f
g
h
i
j
k
l
m
n ñ
o
p
q
r
s
t
u
v
w
x
y
z

Actividades

Si te detienes a observar el alfabeto, verás que en todas las letras hay unas formas recurrentes: **redondeles, barras verticales** y **ondas.** Precisamente, el secreto de una escritura agradable consiste en reproducir con regularidad las formas que componen las distintas letras y esforzarte en que todas ellas tengan la misma anchura y altura.

||||||||

oooooooo

mmmmmmmm

uuuuuuuu

nnnnnnnn

babababa

Lettering

Continúa practicando con pequeñas partes de palabras y algunas ligaduras particulares (dos caracteres unidos). Cuanto más practiques, más se te soltará la mano y más fácil te resultará seguir. Al final de este libro encontrarás algunas páginas con pauta para practicar. Prueba también a escribir palabras enteras sin levantar el bolígrafo del papel.

non non

nxn nxn

zzz zzz

gg gg

son son

rem rem

ta ta

Ahora te animamos a practicar con una frase completa mientras reflexionas sobre este consejo que te será muy útil a lo largo de toda tu vida para no meterte en líos.

Guárdate el aire
para enfriar la sopa.

Guárdate el aire
para enfriar la sopa.

Guárdate el aire
para enfriar la sopa.

Guárdate el aire
para enfriar la sopa.

¿Qué sabes sobre el señor Darcy?

Enfrentarse al semblante serio y ligeramente desdeñoso del señor Darcy pondría a prueba a cualquiera. Por eso, no hay tiempo que perder: asegúrate de que lo sabes todo sobre él antes de veros cara a cara y arriesgarte a causarle una pésima impresión, como ya le pasó al señor Collins. Responde verdadero (V) o falso (F) a las afirmaciones de abajo.

	V	F
1. El señor Darcy se llama William.	❑	❑
2. Laurence Olivier interpretó al señor Darcy en una película.	❑	❑
3. La hermana mayor del señor Darcy se llama Georgiana.	❑	❑
4. Pemberley está situado en Hertfordshire.	❑	❑
5. El coronel Fitzwilliam es el primo de Darcy.	❑	❑
6. Cuando pierde su buena opinión, la pierde para siempre.	❑	❑
7. Gana más de 10 000 libras al año.	❑	❑
8. El señor Darcy tiene 38 años.	❑	❑
9. Anne de Bourgh es la amiga de la infancia del señor Darcy.	❑	❑
10. Su difunta madre se llamaba lady Anne Darcy.	❑	❑
11. Su perro se llama Pilot.	❑	❑
12. Wickham y el señor Darcy estudiaron Derecho juntos.	❑	❑

Sopa de letras

A continuación aparecerán algunos de los nombres de personajes y lugares con que te irás topando en esta aventura. Intenta memorizarlos mientras los buscas en esta sopa de letras. Podrás encontrar las palabras del listado de abajo escritas en cualquier dirección, incluso en diagonal, y hasta podrían cruzarse y superponerse.

A	Y	C	O	L	L	I	N	S	N	F	S	J	I
L	D	Y	K	H	N	A	F	B	U	T	W	X	P
C	L	E	Y	T	E	G	A	R	D	I	N	E	R
V	E	L	A	E	T	R	S	B	U	R	M	W	C
E	I	G	N	B	S	M	O	J	V	B	Y	A	V
T	F	N	A	A	U	A	K	S	E	M	T	M	N
T	R	I	I	Z	A	R	K	R	I	H	X	O	R
O	E	B	G	I	Q	Y	L	I	E	N	T	G	A
L	H	F	R	L	X	E	B	R	T	Y	G	Q	M
R	T	T	O	E	Y	Z	I	E	R	T	E	S	S
A	E	Q	E	T	N	N	M	E	N	J	Y	Z	G
H	N	G	G	B	E	V	M	M	A	N	B	K	A
C	M	R	H	U	R	S	T	N	U	Y	E	N	T
X	F	D	A	R	C	Y	E	K	F	Y	S	T	E
E	E	R	I	H	S	D	R	O	F	T	R	E	H

Darcy	Meryton	Elizabeth	Gardiner
Kitty	Collins	Charlotte	Hertfordshire
Pemberley	Jane	Netherfield	Austen
Bennet	Catherine	Mary	Mr. Hurst
Georgiana	Ramsgate	Bingley	Rosings

Invitación al baile

Los bailes no son meros acontecimientos sociales, sino más bien una gran oportunidad para entablar y fortalecer relaciones, encontrar marido o mujer, o, simplemente, establecer o reforzar el propio estatus social. Prepárate para disfrutar de uno respondiendo verdadero (V) o falso (F) a este cuestionario.

	V	F
1. Si una dama rechaza bailar con alguien, ya no puede bailar con nadie más.	❑	❑
2. Para que un hombre pueda bailar con una dama, antes tienen que haber sido oficialmente presentados.	❑	❑
3. Uno de los bailes se denomina *cotillón.*	❑	❑
4. Los bailes celebrados en salones de actos son gratuitos.	❑	❑
5. Bailar más de dos canciones con la misma pareja puede considerarse comprometedor.	❑	❑
6. *Barouche* es el nombre de un baile.	❑	❑
7. Las mujeres solteras solo pueden ir a un baile con un acompañante.	❑	❑
8. Una dama puede caminar sola por el salón de baile.	❑	❑
9. Antes y después de un baile, el caballero debe acompañar a la dama cogiéndola de la mano.	❑	❑
10. Lo correcto es que las parejas casadas bailen juntas.	❑	❑
11. Para bailar, siempre hay que llevar guantes.	❑	❑
12. Se pueden llevar guantes negros a un baile.	❑	❑

Dibuja a tu propio señor Darcy

Otro signo de distinción, sobre todo para una dama, es la habilidad en el dibujo. Saber dibujar un pequeño retrato puede llegar a ser muy útil para impresionar a alguien de la alta sociedad. Como queremos ayudarte, vamos a practicar con un retrato del señor Darcy. Inténtalo todas las veces que necesites, y no te desanimes si no lo consigues a la primera. Recuerda que la práctica hace al maestro, y Darcy requiere una atención especial, porque el dibujo ha de captar todo su carisma. Así pues, provéete del material necesario y, si quieres, una vez que termines, repásalo todo con una pluma estilográfica.

Materiales

- Folios
- Lapiceros 2H y HB
- Goma
- Pluma

1

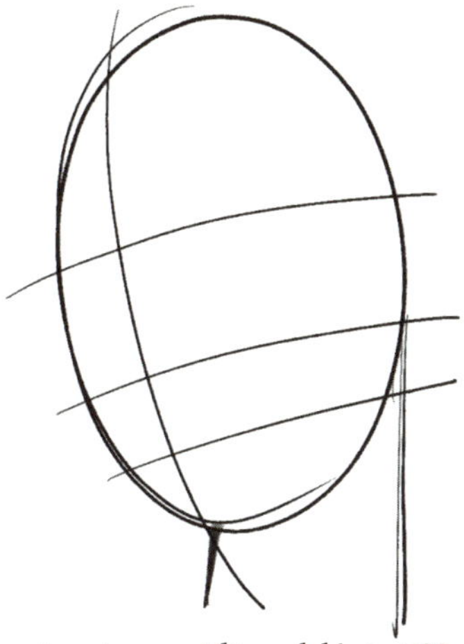

1. Perfila la estructura: utiliza el lápiz 2H para dibujar un óvalo y divídelo en dos mitades. Luego traza tres líneas horizontales, la segunda más grande será la nariz. Cuando las líneas queden ligeramente curvadas, sabrás que has dado con la redondez adecuada.

2

2. Haz los ojos y la nariz: dibuja dos círculos para los globos oculares y un segmento que parta de la raíz de los ojos hasta la línea de abajo. A mitad de la zona inferior, dibuja una línea para la boca. Crea una ligera depresión para dar forma a los labios.

3

3. Dale una mayor definición: dibuja los ojos en forma de almendra alargada. Engrosa las cejas. Ten en cuenta que su forma determinará por completo la expresión de Darcy. Por otro lado, la oreja llenará el espacio entre los ojos y la nariz.

4

4. Añadamos más detalles: la oreja tiene una forma inusual, por lo que es recomendable utilizar un espejo para observarla. Define el puente nasal con una línea fina que nazca en la ceja y baje hasta la punta. A continuación, pasa a la parte situada bajo el ojo. Las pupilas deben mirar con insistencia. Tómate tu tiempo en los ojos. Dibuja una línea para definir el rostro: recuerda que no debe ser plana, traza hendiduras más o menos marcadas. Haz otra línea fina para los labios, y esboza el cuello.

5 6 7

5. Pelo, patillas y ropa: nuestro Darcy lleva la raya a un lado y tiene un bonito mechón de pelo ondulado. Sigue las líneas que hemos trazado en el dibujo, y empieza como siempre por el segmento A. Dibuja una línea rápida para dar una idea del pómulo y continúa con el traje. El pañuelo se anuda bien por encima del cuello de la camisa, basta con unas pocas líneas.

6. Unos cuantos retoques finales: ¿qué te parecería añadir algo de sombreado? Con solo un poco, nuestro Darcy ganará volumen de inmediato. Llegados a este punto, intenta mejorar aquellos elementos que no acaben de convencerte del todo. No te excedas en los detalles. En los dibujos suelen omitirse ciertas líneas, porque nuestro cerebro está acostumbrado a compensarlas. Por eso, bastarán unas pocas líneas de expresión cerca del orificio nasal y de las cejas para darle de inmediato ese aspecto obstinado que tanto conocemos y amamos.

7. ¡Listo! Ahora diviértete coloreando el dibujo con pinturas y acuarelas. Fíjate en la imagen de arriba para ver cómo sombrear los detalles. Es aconsejable repetir este ejercicio varias veces. ¡Pronto te quedará perfecto!

Ahora que ya has aprendido a hacerlo, prueba a dibujar al señor Darcy en el marco de la página siguiente.

—¿Y no cree la señorita que es un caballero muy apuesto?
—Sí, muy guapo.

Querida dama

La correspondencia escrita es esencial para alimentar las relaciones sociales y comunicar información importante. Así, escribir cartas era uno de los pasatiempos favoritos de Jane Austen. Se calcula que a lo largo de toda su vida llegó a escribir al menos tres mil, la mayoría de ellas a su hermana Cassandra. A continuación te recordamos algunas de las cosas que debes tener en cuenta durante tu aventura cuando te dispongas a escribir una carta:

- Cuando alguien te escribe, se espera que respondas lo antes posible.
- El coste del envío depende de la distancia a la que se encuentre el destino y del peso de la carta. Puesto que es el destinatario quien asume el coste, aprovecha todo el espacio disponible en el papel.
- Precisamente para limitar el peso, no suelen utilizarse sobres: la hoja escrita se dobla varias veces para formar una especie de sobre, tal y como se ve en la página siguiente.
- Las cartas deben sellarse con lacre. Y como en este mundo aún no existen las direcciones precisas, bastará con que indiques el nombre de la persona y el lugar donde vive.

Ahora fíjate bien en cómo se debe doblar una hoja de papel para una carta y en dónde debes escribir el texto.

Página 1 *Página 2* *Página 3* *Página 4*

Dobla el papel por la mitad. Ya tienes cuatro páginas (por delante y por detrás). Deja la última página en blanco y tampoco escribas nada en la parte de debajo de la tercera página, ya que podría rasgarse al abrir la carta.

Observa cómo tienes que doblar tu carta para formar un sobre para el envío.

Dobla hacia el centro.

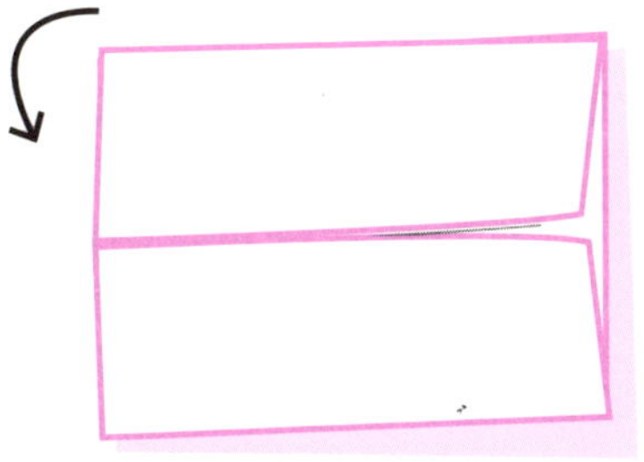

Dobla la parte de arriba hacia el centro.

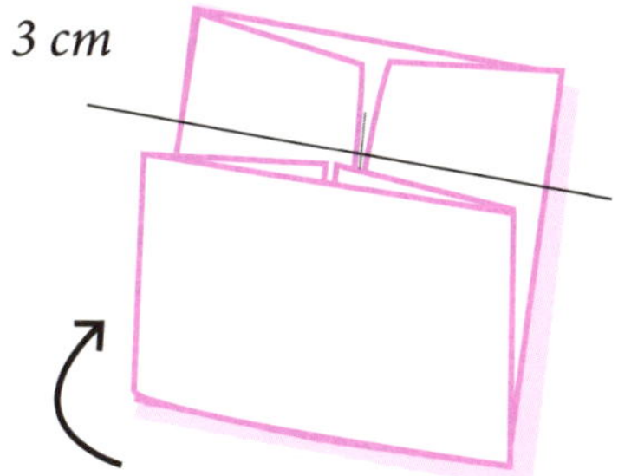

Dobla el margen izquierdo como en la figura.

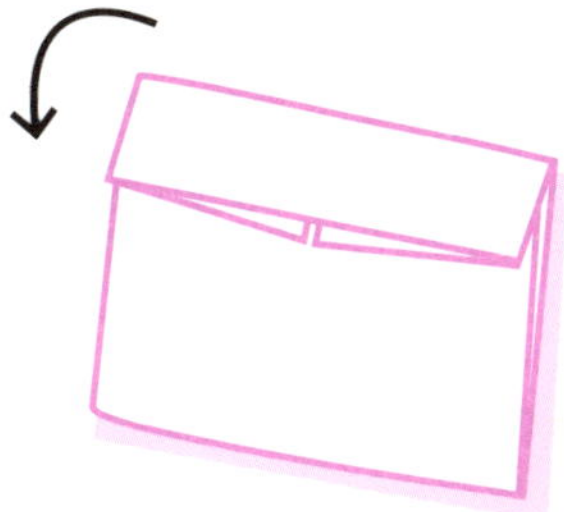

Dobla la parte de arriba hacia abajo.

Inserta la parte más grande en la más pequeña.

Sella la carta.

❀ Para escribir cartas más largas de lo que el papel permitía, Jane Austen (y como ella muchos otros) escribía transversalmente sobre la página ya escrita, para lo que giraba el papel horizontalmente o lo inclinaba 45º. Esta técnica solo podía utilizarse con familiares y amigos íntimos.

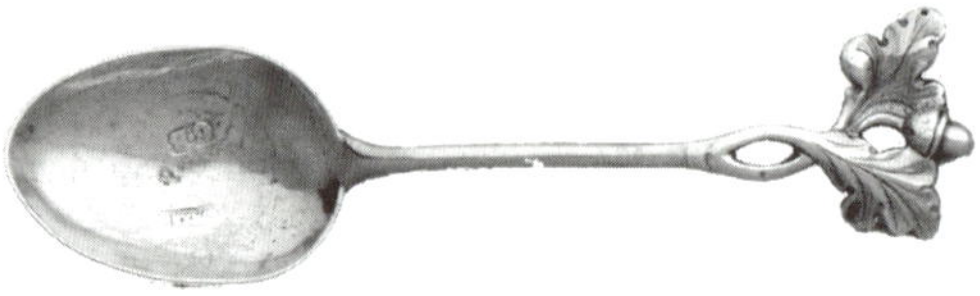

Pastelitos de la reina

Estos pastelitos son ideales para disfrutar de un té con amigos, y son los mismos que se servían en la época de Jane Austen.

Los pastelitos de la reina eran un manjar imprescindible en los desayunos cotidianos, en los que tampoco podía faltar el pan tostado en las llamas de la chimenea y luego untado con mantequilla.

A día de hoy existen muchas variaciones de esta famosa receta, y hay quienes le incorporan agua de rosas o de azahar, dos esencias muy utilizadas en la cocina de aquellos años, o incluso macis, una especia que se extrae de la flor de la nuez moscada y que puede sustituirse simplemente por nuez moscada.

Ingredientes

225 g de harina

225 g de mantequilla

225 g de azúcar

110 g de pasas sultanas o la fruta desecada que más te guste

50 g de almendras trituradas muy finas

Medio sobre de levadura

3 huevos

5-10 ml de agua de rosas (opcional)

1 pizca de nuez moscada

Preparación:

Precalienta el horno a 180 ºC. Tamiza con cuidado la harina y la levadura. Bate bien los huevos con el agua de rosas y la mantequilla previamente derretida, y deja enfriar la mezcla. Añade la parte líquida a la harina y mézclalo bien. Después, incorpora las frutas desecadas, la nuez moscada y las almendras picadas, y vuelve a integrarlo todo. Pon una cucharada generosa de masa en cada taza de papel o molde para magdalenas. Hornea durante unos 15-20 minutos hasta que la masa suba y la superficie esté dorada. Los pastelitos de la reina pueden comerse solos o adornados con un ligero glaseado de azúcar glas y agua.

Muselinas y encajes

Influenciadas por los cambios que llevó consigo la Revolución francesa, las prendas de la Regencia fueron muy distintas de la suntuosa y barroca moda del siglo XVIII. Las vestimentas de esta época se caracterizan por formas y materiales nuevos. ¿Cuánto sabes sobre la moda en tiempos de Jane Austen? Descúbrelo con este test.

1. *El periodo de la Regencia va de*

A. 1789 a 1810
B. 1811 a 1820
C. 1796 a 1830

2. *El estilo de la Regencia se inspira en*

A. Francia
B. el Este
C. la Antigua Grecia

3. *Los pañuelos más codiciados eran de origen*

A. chino
B. italiano
C. indio

4. *Los sombreros de la Regencia iban adornados con*

A. fruta
B. pájaros
C. barcos

5. *El Spencer es*

A. un sombrero de hombre
B. un parasol
C. una chaquetilla corta de mujer

6. *El polvo que se aplica sobre el pelo y las pelucas está formado por*

A. grafito
B. tiza
C. harina

7. *Las faldas*

A. son largas y van muy decoradas
B. son ligeras y suaves
C. se ensanchan en las caderas y llevan muchos bordados

8. *En la ropa, el talle se sitúa*

A. debajo del pecho
B. justo por debajo de la cadera
C. No hay talle

En *Orgullo y prejuicio* aparecen varios nombres de lugares y residencias, pero casi todos ellos fueron inventados por la autora. Sin embargo, y gracias a sus descripciones, es posible identificar algunos lugares reales. Por ejemplo, todo el mundo sabe que Jane Austen se inspiró en Chatsworth House para ambientar Pemberley, la casa señorial del señor Darcy. Fíjate en este mapa, en el que hemos intentado situar algunos de los lugares mencionados en la novela.

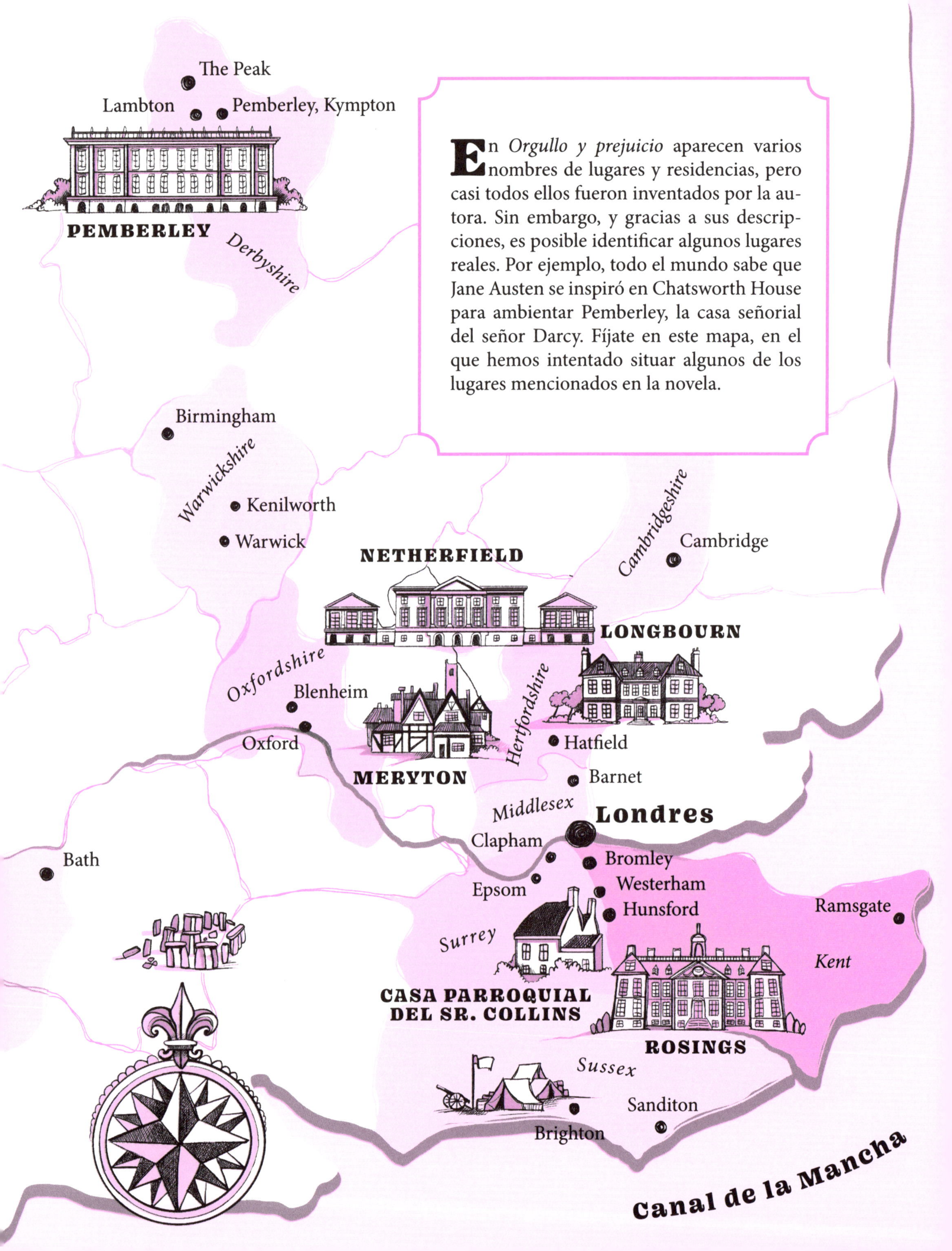

Un paseo con Lizzy

Ayúdate del mapa de la página anterior e intenta colocar todos los lugares que se indican a continuación en su correspondiente hueco. ¿Recuerdas cómo se llamaba la extravagante residencia de lady Catherine? ¿Y el nombre de la fascinante rectoría del señor Collins?

Derbyshire Rosings Pemberley Longbourn Hunsford Ramsgate Newcastle Netherfield Brighton

¡Y en aquel instante conoció ella que ser señora de ____________________ valía algo!

No tengo miedo de que se muera. La gente no se muere por pequeños resfriados sin importancia. Tendrá buenos cuidados en ____________________ .

Hace aproximadamente un año, envié a mi hermana, que tiene diez años menos que yo, de vacaciones a ____________________, en Kent, con su institutriz.

Después de recibir esta información, y cuando todos habían tomado asiento, Collins pudo observar todo a sus anchas; las dimensiones y el mobiliario de la pieza le causaron tal admiración que confesó haber creído encontrarse en el comedorcito de verano de ____________________ .

Lydia y su madre trataron de convencer al señor Bennet con todas sus fuerzas para que las llevara también a ellas varios meses a ____________________, pues estaban seguras de que el verano en Hertfordshire sin los soldados sería horrible.

—Yo estoy bien. Lo único que me pasa es que estoy devastada por una horrible noticia que acabo de recibir de ____________________ .

La señora Bennet se quedó completamente desolada cuando Lydia y el señor Wickham dejaron Longbourn para partir hacia el norte en dirección a ____________________ .

Con los Gardiner estuvieron siempre los Darcy en la más íntima relación. Darcy, lo mismo que Elizabeth, los quería de veras; ambos sentían la más ardiente gratitud por las personas que, al llevar a Elizabeth a ____________________, habían sido las causantes de su unión.

«Elija usted bien, elija pensando en mí y en usted mismo; procure que sea una persona activa y útil, de educación no muy elevada, pero capaz de sacar buen partido a pequeños ingresos. Este es mi consejo. Busque usted esa mujer cuanto antes, tráigala a ____________________ y que yo la vea».

Lecturas obligadas

Según el señor Darcy, una dama, además de ser elegante y tener aptitud para el baile, la música y el dibujo, debe haber leído muchos libros. De ahí que sea fundamental que entre las repisas de tu biblioteca descansen todas y cada una de las novelas de Jane Austen. ¡Sin excepción!

El laberinto

¿Te atreves a corretear en el barro, tal y como Elizabeth tuvo que hacer para ayudar a su hermana Jane? A ver si consigues llegar a Netherfield sin ensuciarte demasiado las enaguas.

La hora del té

El famoso té de las cinco es una tradición inglesa relativamente reciente, pues nació varios años después de la muerte de Jane Austen. Su inmensa popularidad se debe a la duquesa de Bedford, quien, un buen día, para silenciar sus rugidos de tripa hasta la hora de la cena, que se servía a las ocho de la tarde, pidió a sus sirvientes que le llevaran té y un pequeño tentempié con el que calmar su apetito. Aquello le gustó tanto y surtió tal efecto que repitió lo mismo las tardes siguientes, e incluso invitó a conocidos y amigos hasta hacer de ese rato de la tarde una auténtica tradición.

La hora del té «de la tarde» variaba considerablemente según las costumbres y la clase social. Los trabajadores lo bebían a la hora de la cena, oscuro y fuerte, junto con un copioso almuerzo, para recuperarse de los esfuerzos del día. Sin embargo, los Bennets y su círculo de amistades lo servían después de la cena, a modo de recena tras leer, charlar o jugar a las cartas.

Antes del periodo de la Regencia, el desayuno tenía lugar hacia las diez de la mañana y era de lo más sustancioso: cerveza, hígado, costillas y huevos. Poco a poco fue convirtiéndose en una comida informal, que se tomaba en el salón y consistía principalmente en dulces, tostadas con mantequilla y té, y la cual se servía después de que las damas se hubieran vestido, escrito sus cartas y practicado en el piano.

En la época de Jane Austen, el té se consideraba un bien preciado. En la casa de los Austen, era responsabilidad de Jane custodiar la llave del cofre en el que estaba guardado para evitar que los criados lo robaran.

Los más ricos, además de refinadas vajillas de porcelana, hacían llevar a la mesa grandes recipientes, a menudo de plata, donde el agua se mantenía caliente gracias a barras de hierro calentadas en el fuego. Sin embargo, las familias menos pudientes se conformaban con mantener una tetera calentándose constantemente en la chimenea.

Las reglas del té

Lee estas reglas del té con atención y averigua cuál es la incorrecta:

Utiliza siempre agua fresca. Nunca recurras a agua hervida previamente.

Si puedes, elige hojas de té sueltas en lugar de bolsas.

Guarda siempre el té en un recipiente hermético.

Para el té negro, el agua debe alcanzar el punto de ebullición (105 °C), mientras que los tés verde y blanco requieren agua ligeramente más fría (80 °C).

La tetera ha de calentarse antes de verter el agua hirviendo y debe mantenerse caliente mientras se deja infusionar el té.

El té negro tiene que dejarse en remojo de 5 a 7 minutos, mientras que el té verde no puede estar más de 3 minutos para evitar que se vuelva amargo.

Una vez transcurrido el tiempo, retira las hojas o la bolsita.

Sirve el té en tu mejor taza. Para una elegancia aún mayor, levanta el dedo meñique mientras sostienes la taza.

Los consejos de lady Catherine

Es hora de un sencillo juego para relajarnos un poco. Imagina que lady Catherine tuviera una columna titulada «Querido diario» en una revista y distintos personajes literarios famosos le escribieran para pedirle consejo. ¿Te atreves a adivinar quién le haría cada una de estas sentidas peticiones y de qué libro proceden? Y si te gusta arriesgar…, ¡prueba a suponer las respuestas!

He dedicado toda mi existencia a intentar recuperar al amor de mi vida. He construido una vida repleta de lujo y riqueza con la esperanza de conseguir que vuelva a mí. Sin embargo, con gran dolor he descubierto que el pasado no puede revivirse. ¿Cómo puedo dejarla marchar y, pese a ello, encontrar la felicidad en mi vida actual?

1.

Toda mi vida ha estado marcada por el sufrimiento y el encarcelamiento. Me siento presa en un lugar oscuro y olvidado, privada de toda alegría y libertad. Y cada noche grito enloquecida. ¿Cómo podré encontrar el modo de liberarme de mi trágico destino e iluminar mi existencia? ¿De qué manera podré hallar la fuerza para encender esa luz que tanto anhelo?

2.

Por caprichos del destino, mi vida ha tomado un rumbo inesperado y me ha llevado de la sencillez de un pueblo a todo un mundo de ambiciones y esperanzas. Mas en la vorágine de semejantes transformaciones mi corazón permaneció anclado a una figura que brilla como una estrella inaccesible. La sociedad me empuja a satisfacer ciertas expectativas, pero mi corazón se rebela, con ansias de autenticidad y un amor sincero. Quiero demostrar a todo el mundo que mis ambiciones no valen nada sin el calor de su sonrisa, sin su voz como una melodía que resuena en mi mente. Estoy dispuesto a superar mis propios límites para ganarme su afecto, aunque eso signifique enfrentarme a los fantasmas de mi pasado. Pero ¿merece realmente la pena?

3.

He sufrido la mayor de las injusticias por pura envidia. He sido traicionado, acusado y encarcelado injustamente. Perdí a todos mis seres queridos, a mi novia, mi carrera, a mi padre, al que estaba plenamente entregado. No me queda nada excepto la idea de vengarme de los que me hirieron de muerte y de aquellos que tristemente me olvidaron. Una dulce mujer está ahora a mi lado y se ha convertido en mi apoyo, mas no puedo entregarme de nuevo a un amor después de todo lo que he pasado. ¿Cómo puedo seguir adelante tras tanto dolor?

4.

Quien debería haber estado a mi lado y protegerme hizo todo lo posible por deshacerse de mí e ignorarme. Aunque le debo todo lo que soy, mi vida misma, mi sentimiento de amor y gratitud se ha convertido en una furia ciega que no conoce la paz. ¿He de abandonarme a esta sed de venganza o debo alejarme a un lugar en el que quizá pueda llegar a construir una nueva vida?

5.

Todo empezó con una nota escrita a mano en un pequeño trozo de papel: «Te quiero». Pero nuestra relación se convirtió rápidamente en una llama secreta que desafía la opresión. ¿Podré realmente esperar un futuro mejor para nosotros o es solo una vana esperanza que desaparecerá como un día de abril?

6.

Un auténtico caballero

Corrección ante todo

Ser el señor Darcy no es ser cualquier cosa. Precisamente por eso, el caballero está sometido a un escrutinio constante, pues en público siempre ha de mostrar su rango pero sin alardear de él, y debe velar por su honor pero sin alterarse. En definitiva, ha de mantener el decoro de todas las formas posibles. Elige la información correcta en cada caso:

- Un caballero se presenta a las damas.
- Las damas se presentan al caballero.

- Al saludar a una dama, el caballero ha de tenderle la mano.
- Al saludar a una dama, el caballero debe hacer una reverencia.

- Cuando se visita la residencia de alguien, lo cortés es permanecer más de treinta minutos.
- Cuando se visita la residencia de alguien, es descortés permanecer más de treinta minutos.

- Cuando un caballero abandona una sala, las damas han de ponerse en pie.
- Cuando una dama abandona una sala, los caballeros han de ponerse en pie.

- En una conversación con una dama, el caballero ha de hablar de ciencia y política.
- En una conversación con una dama, el caballero ha de hablar del tiempo y de los acontecimientos del día.

- Para saludar a un desconocido por primera vez, debe quitarse el sombrero con la mano izquierda y estrechar la mano con la derecha.
- Para saludar a un desconocido por primera vez, debe quitarse el sombrero con la mano derecha y estrechar la mano con la izquierda.

- Cuando alguien acuda a visitarlo a casa, su atuendo debería ser mejor que el de su invitado.
- Cuando alguien acuda a visitarlo a casa, su atuendo debería ser más modesto que el de su invitado.

- Al visitar a otra persona en su casa, no debe darle una propina a sus sirvientes.
- Al visitar a otra persona en su casa, debería darle una propina a sus sirvientes.

- Siempre que entre en una sala, ha de saludar en primer lugar a la anfitriona.
- Siempre que entre en una sala, ha de saludar primeramente al dueño de la casa.

- Cuando le faltan al honor, está obligado a vengarse en un duelo.
- Cuando le faltan al honor, ha de hacer todo lo que está en su mano para resolver la cuestión pacífica y dignamente.

Datos curiosos

Diez hechos que sucedieron durante la vida de JANE AUSTEN

Al leer, encuentra el hecho o la afirmación incorrectos.

1 **1775-1783. Guerra de Independencia de los Estados Unidos.** Guerra en la que trece colonias americanas se independizaron del dominio británico.

2 **1788. Bahía de Botany.** El primer barco de convictos zarpó desde Gran Bretaña para establecer la colonia penal de la bahía de Botany, en Australia.

3 **1756. Primera demostración pública de la refrigeración artificial,** que allanó el camino para el desarrollo de los frigoríficos modernos.

4 **1789-1799. Revolución francesa.** Importante acontecimiento político y social que marcó el declive de la monarquía y la creación de la Primera República francesa.

5 **1792. *Frankenstein*.** Mary Shelley publica el que se considera el primer libro de ciencia ficción.

6 **1797. Se imprime el primer billete de una libra.**

7 **1799. Pila eléctrica.** Alessandro Volta inventó la pila voltaica, una de las primeras formas de generación de electricidad.

8 **1804. La locomotora de vapor.** El invento de Richard Trevithick que condujo a la revolución del transporte.

9 **1807. Abolición del comercio de esclavos en Gran Bretaña.** El Reino Unido prohibió el comercio de esclavos, aunque la esclavitud continuó hasta su total abolición en el año 1833.

10 **1815. Batalla de Waterloo.** Derrota de Napoleón Bonaparte en la decisiva batalla que puso fin a las guerras napoleónicas.

Encuentra las diferencias

¡Disfruta de otro rato de relax! Lizzy está en Netherfield y se ha refugiado en una biblioteca para huir del insoportable parloteo de la señorita Bingley. Compara estas dos escenas aparentemente idénticas e intenta encontrar las once diferencias.

«No existe, después de todo, placer como el de la lectura. Cualquier cosa hastía antes que un libro. Cuando tenga casa propia, me creeré muy desdichada si no poseo una excelente biblioteca».
CAROLINE BINGLEY

Señor Collins

Por si en algún momento te topas con el señor Collins y sus galanterías mortales, lo mejor es que de inmediato pongas a prueba todo lo que sabes sobre él. No importa si eres una dama obligada a rechazar sus insinuaciones o un valiente caballero dispuesto a enfrentarse a su desvergüenza: tu buena relación con lady Catherine no bastará para mantenerte a salvo…

1. *El señor Collins es el propietario de*

A. Hunsford
B. Meryton
C. Ramsgate

2. *El señor Collins es el primo de*

A. la señora Bennet
B. el señor Darcy
C. el señor Bennet

3. *¿Cómo se llama el señor Collins?*

A. Charles
B. William
C. Frederick

4. *¿Cuántos años tiene el señor Collins?*

A. 25
B. 35
C. 45

5. *¿Qué está siempre dispuesto a ofrecer?*

A. Citas de las Sagradas Escrituras
B. Delicados cumplidos
C. Perlas de sabiduría

6. *¿Qué le apasiona leer?*

A. Ensayos históricos
B. Novelas formativas
C. Los sermones de Fordyce

Borda como una dama

Toda dama ha de dominar el elegante arte del bordado. Para ayudarte a practicarlo, hemos creado estos patrones de punto de cruz con los que podrás hacer un retrato del señor Darcy y otro de Elizabeth Bennet.

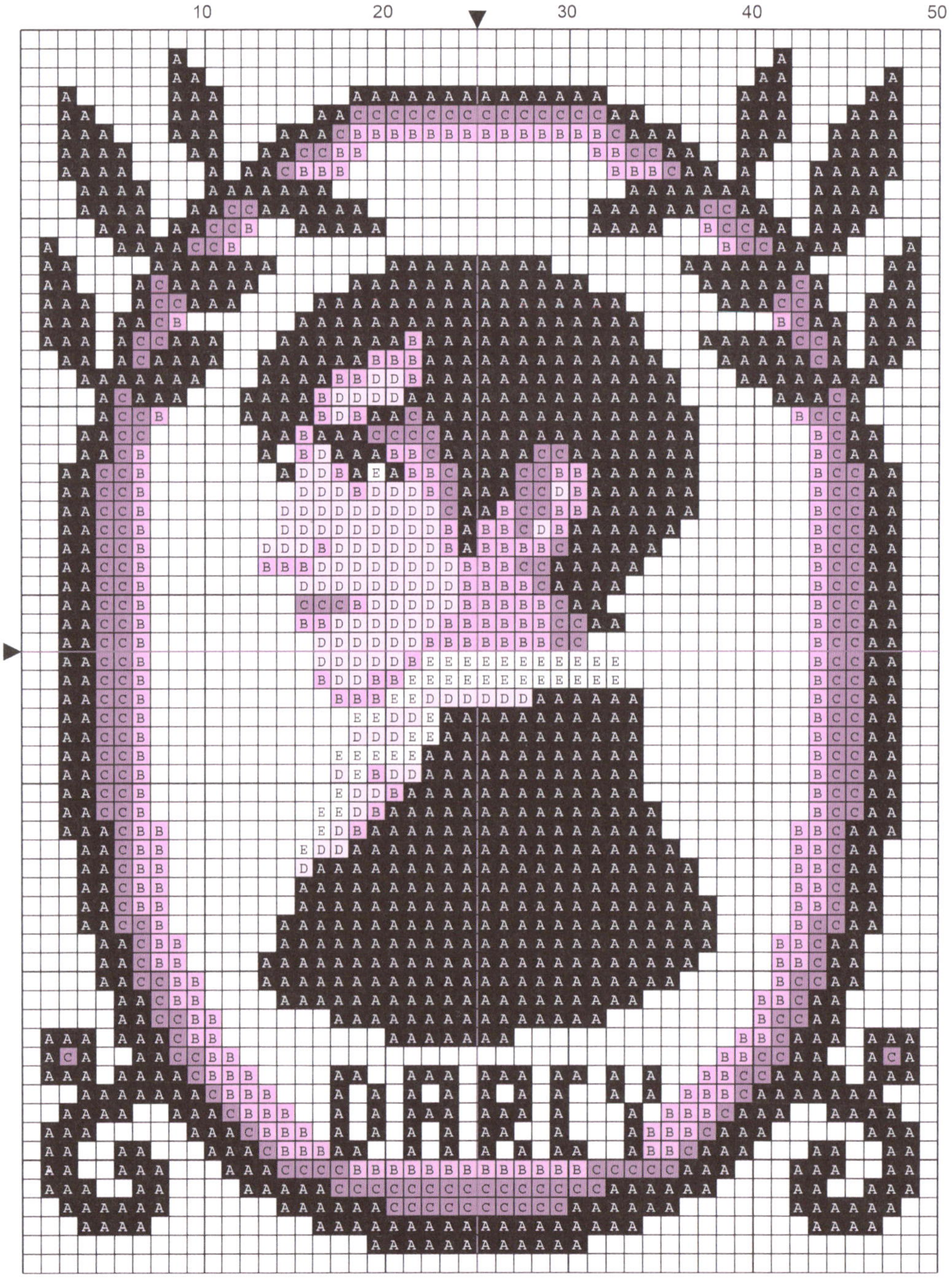

A DMC 310 B DMC 3716 C DMC 962 D DMC 3713 E DMC BLANC

Busca hilo y aguja, y empieza a trabajar. Recuerda que con estos lienzos de tela Aida la tarea se volverá mucho más sencilla.

A DMC 310 B DMC 3716 C DMC 962 D DMC 3713 E DMC BLANC

La silueta oculta

¡Otro momento de distensión entre tanto test y tanta prueba! Colorea las partes en las que aparecen puntos e identifica la imagen oculta.

Personajes

Para desenvolverte con soltura en el entorno social que se describe en *Orgullo y prejuicio,* será mejor que, sin mayor dilación, te pongas al día sobre todos los personajes de la historia. ¿Puedes completar este diagrama con los nombres que faltan? Ayúdate del listado que aparece a continuación.

Charlotte **Lady Catherine** **Bingley** **Georgiana**
Lydia **Kitty** **Mary** **Jane** **Señor Collins** **Wickham**
Caroline Bingley

Citas

¿Cuáles de las siguientes citas de Jane Austen pertenecen a la novela de *Orgullo y prejuicio*? Hay tres, márcalas con una X.

Resulta incomprensible para un hombre el que una mujer rechace su propuesta de matrimonio. ○

○ Hay en mí una obstinación que me impide doblegarme ante la voluntad de los demás. Mi valor aumenta cuando tratan de intimidarme.

Mientras más conozco el mundo, más convencida estoy de que jamás encontraré a un hombre al que realmente pueda amar. ○

○ La amistad es sin duda el mejor bálsamo para los dolores de la decepción amorosa.

○ ¿Qué son los hombres al lado de las rocas y las montañas?

No he amado a nadie más que a usted. Puedo haber sido injusto, débil y rencoroso, pero jamás inconsciente. ○

○ Poseer una elevada renta es la mejor receta para la felicidad que existe.

¿Para qué vivimos sino para divertir a nuestros vecinos y reírnos de ellos cuando nos corresponda? ○

Conoce tu carruaje

Los coches de caballos son signo de riqueza. De hecho, tan solo las personas adineradas pueden permitirse poseer y mantener uno. Las opciones más sencillas, y baratas, son los carruajes remolcados por ponis o burros, precisamente como el que poseía Jane Austen. Ya seas un caballero elegante y deportivo, una dama con ansias de impresionar (recuerda que las mujeres únicamente pueden conducir cuando los carruajes sean de su propiedad o vayan debidamente acompañadas) o un individuo de a pie necesitado de un modo de llegar al campo, contempla las opciones a tu disposición según tu urgencia y tu fortuna.

Gig

Ideales para el campo, los gigs son los medios de transporte más cómodos y apropiados. Son baratos, van tirados por un solo caballo, tienen espacio de sobra para dos personas y pueden ser conducidos por una mujer.

Curricle o carruaje de dos caballos

Se trata del transporte de elección para quienes quieren presumir de velocidad y potencia. Deportivo y elegante, puede ser tirado por dos caballos y únicamente tiene cabida para dos personas. Este es el vehículo que conduce el señor Darcy.

Barouche

Propio de pudientes, es el transporte por excelencia para escapadas más cómodas y elegantes. Cuatro ruedas, y dos o cuatro caballos. Su elegancia y su precio lo convierten en el vehículo preferido de las damas de clase alta para sus viajes de verano.

Faetón

Otra opción potente y ágil. Tiene cuatro ruedas, y puede ser tirado incluso por cuatro caballos.

Landó

Adecuado para climas más suaves, el landó es similar al *barouche,* pero cuenta con dos cubiertas retráctiles que pueden desplegarse para proteger a sus ocupantes de la lluvia.

Coche de ciudad

Nuestro listado concluye con el coche de ciudad, que era en el que se desplazaba Catherine de Bourgh. Es un habitáculo cerrado con ventanas, cómodo y elegante. Su coste desproporcionado basta para demostrar el estatus social de su ocupante.

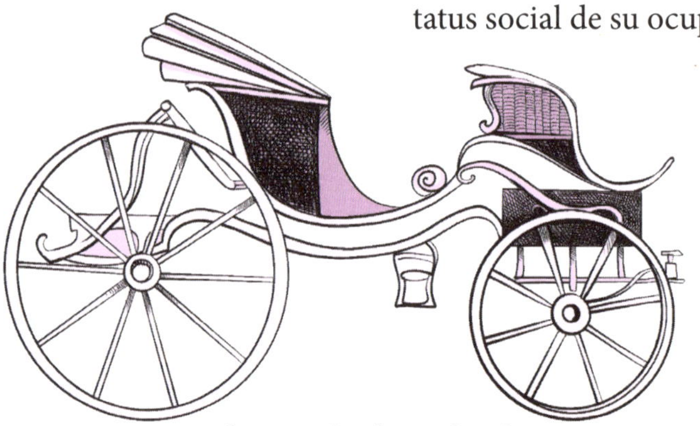

Ilustración de un faetón

El servicio del té

El señor Collins está decidido a ofrecer un delicioso té a su ídolo, lady Catherine de Bourgh, pero en la cocina reina el caos. ¿Podrías encontrar, entre todas estas tazas, la que va a juego con esta hermosa tetera, para así evitarle una crisis existencial al viejo guardián?

Sopa de tortuga falsa

Ingredientes

800 g de carne picada magra

2 dados de mantequilla

1 cebolla grande

2 apios

2 dientes de ajo, en trozos

1 vaso de agua

60 g de harina

700 ml de caldo de carne

2 hojas de laurel

1 lata de salsa de tomate

50 ml de salsa Worcestershire

50 ml de zumo de limón

50 ml de jerez

Perejil

Tomillo

Sal y pimienta

4 huevos duros

Sin duda, uno de los ingredientes más codiciados de la cocina de esa época era la tortuga, con la que se acostumbraba a preparar una rica sopa. Las tortugas verdes llegaban hasta Inglaterra con los marineros que regresaban de las Indias occidentales. Aunque aún hoy en día son muy codiciadas, están prácticamente extinguidas como consecuencia de su caza excesiva. Se trata de un manjar que solo los más ricos podían permitirse, de ahí que se haya inventado una sopa falsa para imitar su sabor y consistencia. La receta original de la época de Jane Austen incluye cabezas de ternera, vísceras diversas y ostras, pero aquí proponemos un guiso más sencillo y rápido con el que, aun así, a tus comensales se les hará la boca agua.

Preparación:

Trocea la carne, dórala, y después añade el ajo, la cebolla y el apio finamente picados, junto con dos dados de mantequilla. Rehógalo todo unos minutos hasta que la cebolla esté transparente. Disuelve la harina en agua y añádela a la carne, junto con las hojas de laurel, la salsa Worcestershire, la salsa de tomate, el caldo, la sal y la pimienta. Déjalo cocer a fuego medio durante una hora. Añade el zumo de limón y ponlo a hervir otros treinta minutos. Al final, incorpora el jerez y los huevos duros cortados en trozos. Adorna el estofado con perejil.

UNA ANÉCDOTA: Alicia, la protagonista de *Alicia en el país de las maravillas*, se encontró con una tortuga falsa a la que describió con cabeza, pezuñas y cola de ternera. El extraño animal añoraba ese tiempo de atrás en que era una tortuga de verdad.

Crucigrama

Aquí tienes otra oportunidad de repasar de un modo divertido todo lo que sabes sobre Jane Austen y sus obras. Intenta hacer este crucigrama.

HORIZONTAL

3. El nombre de su prima.
4. Lectora voraz de la autora…
6. El nombre de su madre.
7. Donde se sitúa el museo dedicado a ella.
8. El primer título provisional de *La abadía de Northanger*.
9. Nombre y apellido del hombre del que se enamoró.
10. Su hermano favorito.
11. Una novela sin terminar.
12. La colección de sus primeras obras literarias.

VERTICAL

1. Las iniciales de su hermana.
2. Donde está enterrada.
3. El título de una de sus novelas.
5. El nombre de su sobrina.
8. Su lugar de nacimiento.

¿Quién y dónde?

¿Quién vive en Rosings? ¿Quién fue a Ramsgate? Relaciona cada personaje con el lugar que más lo caracteriza.

LUGAR	PERSONAJE
Netherfield	Señor Darcy
Pemberley	Lady Catherine
Longbourn	Lydia
Rosings	Elizabeth
Hunsford	Gardiners
Ramsgate	Señor Collins
Brighton	Señor Bingley
Londres	Georgiana

«Me acuerdo de una época en la que me gustó mucho una casaca roja, y la verdad es que todavía la llevo en mi corazón».
SEÑORA BENNET

¡Regimiento a la vista!

Si estuvieras en la piel de Lydia o de la señora Bennet, seguro que te aliviaría saber de la llegada al pueblo de un regimiento, pues este traería consigo un espléndido espectáculo del que disfrutar, un mayor número de fiestas y bailes, y la posibilidad de encontrar marido. No obstante, la repentina aparición de quinientos hombres en un pueblo pequeño como Meryton puede implicar mucho más que unos minúsculos inconvenientes. Aquí tienes todo lo que no te gustaría saber sobre estos atractivos chaquetas rojas.

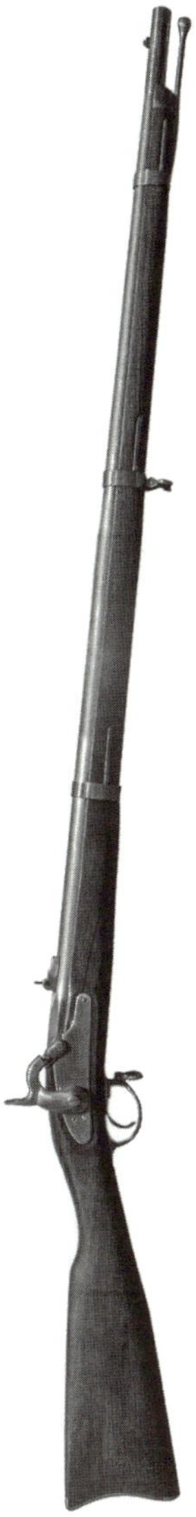

De los 500 elegantes soldados, solo 25 son oficiales. Además, a diferencia de en verano, cuando los regimientos se entrenan en grandes campos de la costa (como en Brighton), de estos 25 únicamente una pequeña parte, o sea, los más pobres, pasan el invierno con el regimiento.

Aunque la ley exige que los oficiales sean terratenientes y dispongan de una renta importante, muy a menudo se hacen excepciones para alcanzar el número necesario de oficiales, razón por la cual algunos oficiales del ejército pueden resultar ser una manzana podrida.

No, los soldados no pueden alojarse en tu casa, siempre han de pernoctar en lugares públicos.

A pesar de que el Estado abona una compensación por la comida y el alojamiento de cada soldado, el montante es tan irrisorio que supone un problema tanto para quienes los alojan como para los propios soldados: condiciones higiénicas deficientes, comida de escasa calidad, etcétera. Y lo que es peor: ¡cerveza aguada!

Pese a que los soldados se comprometen a defender el país de invasiones externas y rebeliones internas, debido a sus precarias condiciones de vida a menudo son la causa de disturbios y otros problemas de orden público.

Todos los regimientos traen consigo vicios relacionados con el juego, el alcohol y la prostitución, así como problemas de salud.

Datos curiosos

Diez cosas que debes saber sobre el MATRIMONIO

Al leer, encuentra el hecho o la afirmación incorrectos.

1 Un caballero se casa para mejorar su posición e influencia en la sociedad, para consolidar su fortuna y avanzar en su carrera política.

2 Una mujer se casa para asegurarse el sustento económico y gozar de una cierta libertad. Prefiere contraer matrimonio a convertirse en ama de casa o tener que depender de la benevolencia o piedad de parientes y amigos.

3 Una mujer casada no tiene identidad jurídica propia. Todo aquello que posee o gana pasa automáticamente a ser propiedad de su esposo.

4 Los bailes son el mejor lugar en que conocer a una pareja. Eso sí: para acercarse a alguien, uno ha de ser presentado formalmente por otra persona.

5 Una vez presentados, los novios pueden saludarse y hacerse una reverencia, e incluso hablarse con mesura, pero nunca estrecharse las manos. Si un caballero tiende su mano para sostener la de una dama, esta ha de rechazarla flagrantemente.

6 Lo que sigue se considera un contacto físico aceptable: ofrecer la mano para ayudar a bajar las escaleras o a subir a un carruaje, sujetarse del brazo al caminar, colocarle a una dama un chal sobre los hombros.

7 Si una pareja baila más de dos veces junta en la misma velada, la unión resulta prácticamente oficial.

8 En las citas siguientes, siempre deberá estar presente un chaperón para garantizar así la modestia y el decoro.

9 Los menores pueden casarse (la mayoría de edad está fijada a los 19 años) siempre y cuando cuenten con la aprobación de sus padres o tutores.

10 En caso de no obtener dicho permiso, pueden decidir, por su cuenta y riesgo, fugarse a Escocia y contraer matrimonio allí, donde dicha aprobación no es necesaria.

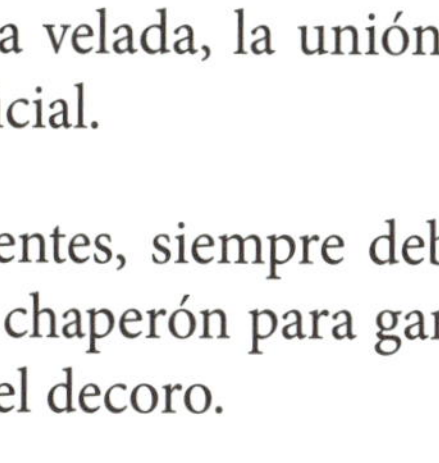

En la mesa con Lizzy

Organizar un banquete importante en honor de un invitado de alto rango no es tarea menor. La comida ha de incluir dos platos principales compuestos cada uno de ellos por innumerables manjares, que han de situarse en la mesa para que los invitados puedan saborearlos. He aquí un ejemplo:

PRIMER PLATO PRINCIPAL

Sopa italiana seguida de guisado de res y hortalizas

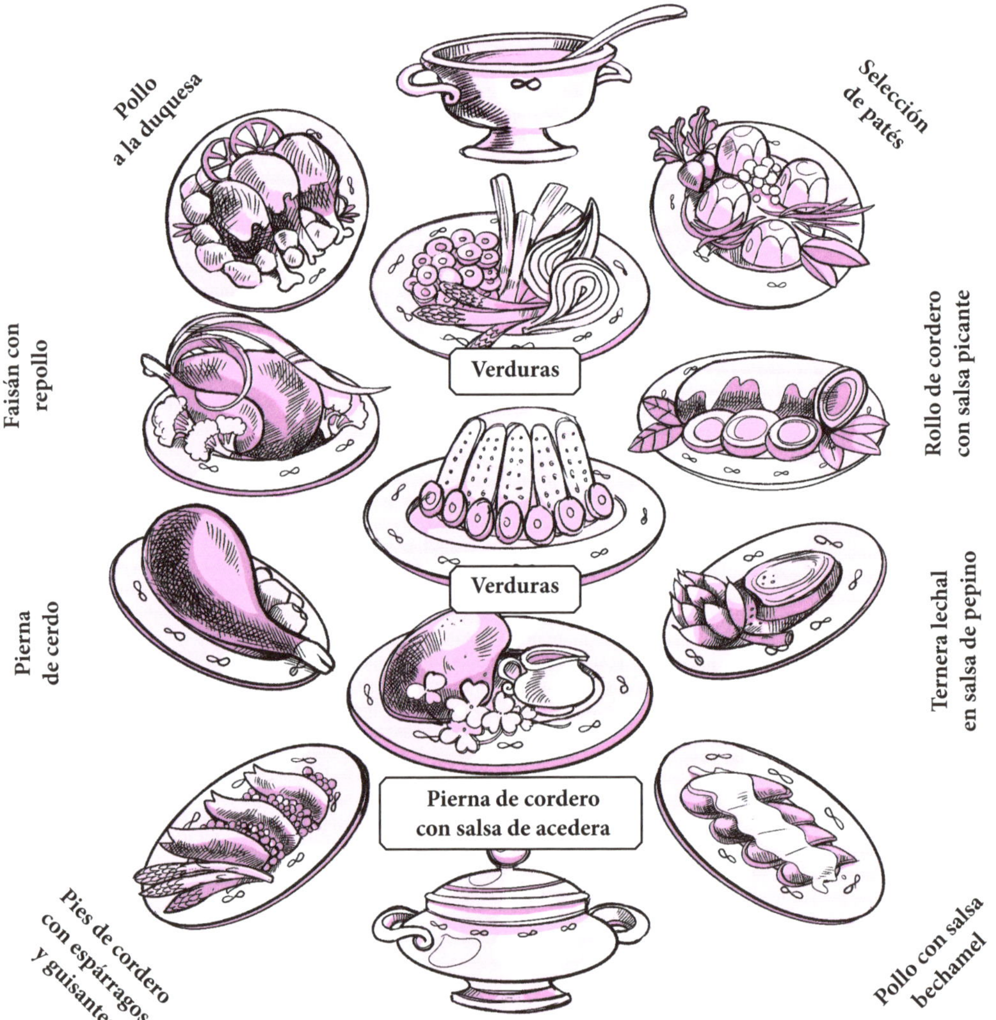

Sopa de verdura seguida de lomo de cordero

«La sopa fue cincuenta veces mejor que la que nos sirvieron la semana pasada en casa de los Lucas». SEÑORA BENNET

Te has encargado de elaborar el menú para los dos platos de un almuerzo en honor del señor Darcy. Fíjate durante unos minutos en el listado de los platos y luego, sin mirar, intenta ver cuántos ingredientes eres capaz de recordar para que puedas instruir mejor al cocinero. ¿Serías capaz de acordarte de al menos quince?

SEGUNDO PLATO PRINCIPAL

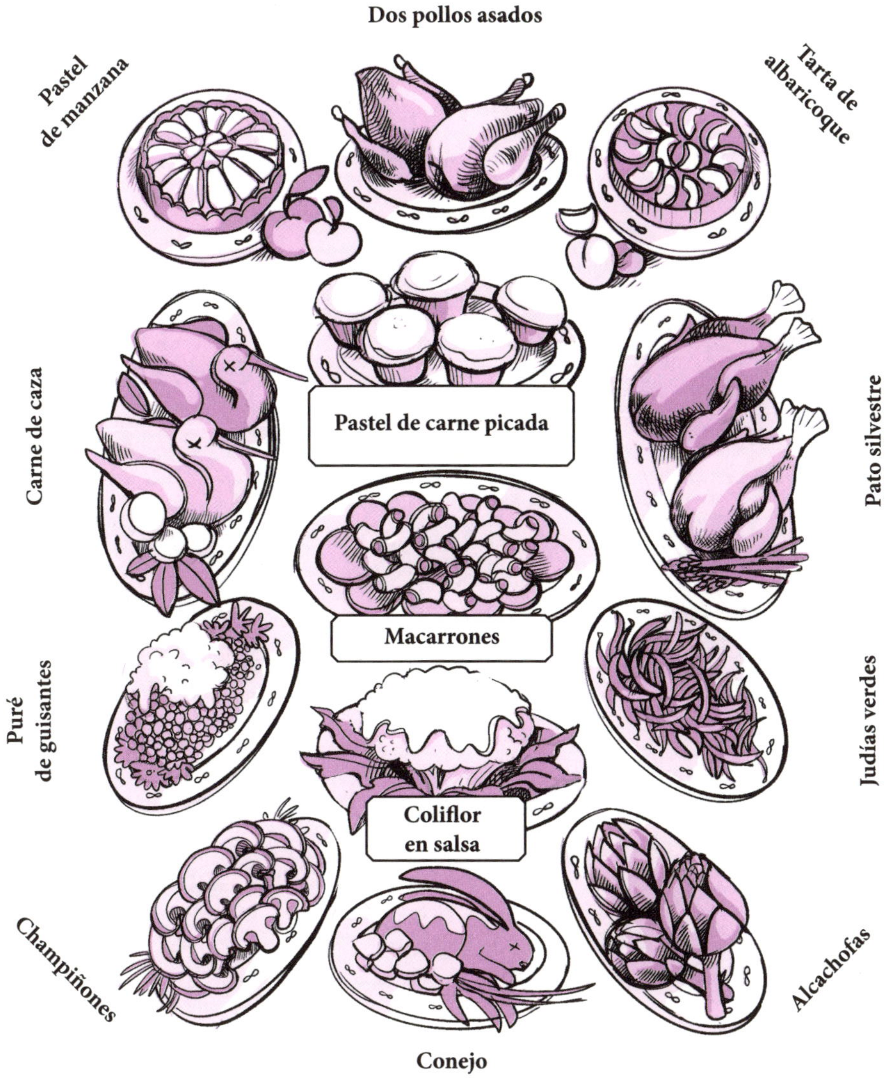

. . . .

. . . .

. . . .

Encuentra las diferencias

Las disparidades sociales entre Lizzy y Darcy no son en absoluto desdeñables, como tampoco lo son las diferencias entre las dos imágenes de abajo. ¿Serías capaz de encontrar las quince?

Juegos de mesa

Estos son dos de los juegos de mesa con los que Jane Austen más se entretuvo a lo largo de su vida. Ambos se mencionan en una carta escrita por su sobrina. Durante tu viaje, no te faltarán oportunidades de conocer a alguien, así que escoge cuidadosamente el pasatiempo más adecuado para tu fiesta.

Pudin de bala

Necesitarás: un plato de gran diámetro, un kilo de harina, una moneda.

Toma un plato grande de piel lleno de harina y forma una especie de montaña, como si fuera un pudin, con la parte superior plana. A continuación, coloca una moneda en la cima de la montañita. Los jugadores se turnarán para cortar una porción con un cuchillo. Cuando la moneda caiga, el jugador que la hiciera caer deberá hurgar con la nariz y la barbilla en la harina hasta encontrarla, y luego sacarla con la boca. De esta forma, la persona en cuestión se llenará de harina, lo que dará lugar a una escena muy divertida.

¿Lo más difícil? Evitar reírse, para que la harina no entre ni por la nariz ni por la boca del desafortunado jugador y lo asfixie. Para este juego no hacen falta manos.

Buffy Gruffy

Preparación: se elige a un jugador, se le vendan los ojos y se le coloca en el centro de la sala. Los demás jugadores se sientan en las sillas a su alrededor.

En esta gallinita ciega al estilo de la Regencia, los jugadores que están en las sillas deberán intercambiar sus sitios y, una vez colocados, dar una palmada. Entonces, el jugador del centro avanza hasta tocar con la rodilla (con gracia y decoro) a alguien de los que están sentados. Después, formulará tres preguntas que dicho participante deberá responder, camuflando su voz todo lo que pueda. Si el jugador que interroga consigue adivinar el nombre de la persona que contesta, ambos invertirán sus papeles y el jugador que estaba sentado será quien lleve ahora la venda. De lo contrario, tendrá que cumplir la penitencia que le imponga el grupo hasta adivinar el nombre de alguien.

«—¿Prefieres leer a jugar? —le dijo—. Es muy extraño».
Señor Hurst

JANE
AUSTEN

Querido diario

Escribir un diario es una actividad muy común en esta época entre las clases más acomodadas. Si hojeáramos el diario de Darcy, probablemente encontraríamos notas de lo más concisas y pragmáticas. Pero ¿tu mente alcanzaría a imaginar lo que pudo haber escrito el día en que Lizzy rechazó rotunda su proposición de matrimonio? ¡A por ello! Elige si decantarte por un lenguaje estoicamente contenido u otro emocionalmente exagerado.

Decora tu taza de té

De vez en cuando, entre proposiciones de matrimonio poco valoradas y catástrofes familiares, conviene sacar un rato para darse un mimo y liberar estrés. Diviértete decorando estas tazas a tu estilo.

Superventas *vintage*

Estos son solo algunos de los títulos de las muchas novelas que encontrarás en la bien surtida biblioteca de Pemberley. Para causar una buena impresión durante una charla sobre cultura con la señorita Bingley, intenta relacionar cada título con su autor.

AUTOR	LIBRO
Maria Edgeworth	*La historia de sir Charles Grandison*
Frances Burney	**Evelina**
Samuel Richardson	*LOS MISTERIOS DE UDOLFO*
William Cowper	**El monje**
Ann Radcliffe	EDUCACIÓN PRÁCTICA
Lord Byron	*La dama del lago*
Sir Walter Scott	**EL CORSARIO**
Matthew Lewis	**La tarea: un poema en seis libros**

Sopa de letras

Aquí verás algunos nombres y lugares relacionados con la vida de Jane Austen y de los personajes de sus libros. Encuentra entre todas estas letras las palabras del recuadro inferior. No olvides que pueden aparecer escritas en cualquier dirección, incluso en diagonal, y hasta podrían cruzarse y superponerse.

P	U	B	K	R	O	N	I	L	E	V	J	B	C
M	R	U	K	V	W	O	B	F	A	K	N	A	E
Y	D	I	H	L	V	D	Z	D	H	C	S	T	D
X	A	F	C	Z	H	I	N	S	A	S	D	H	J
Z	Z	V	N	E	P	A	M	A	A	M	X	D	F
B	E	N	N	E	T	M	M	N	L	C	M	I	K
F	E	R	R	A	R	S	D	P	N	R	U	E	P
G	N	Y	P	A	H	R	A	O	S	Y	O	L	T
Z	S	G	N	J	A	V	D	L	I	H	O	M	I
Y	T	N	A	I	C	N	E	G	E	R	I	L	L
N	E	R	E	A	A	V	C	E	S	T	H	R	N
N	E	P	K	R	U	S	S	E	L	L	N	V	E
A	L	J	B	N	B	E	R	T	R	A	M	E	Y
F	E	J	W	N	O	T	W	A	H	C	P	S	K
N	I	V	U	G	T	O	I	L	L	E	O	H	B

BENNET	REGENCIA	KENT	FANNY
EMMA	HAMPSHIRE	MORLAND	BRANDON
ANNE	BATH	TILNEY	LUCAS
ELINOR	CHAWTON	BERTRAM	FERRARS
CASSANDRA	ELLIOT	PRICE	STEELE
RUSSELL			

Citas

Hemos recopilado unas cuantas citas de *Orgullo y prejuicio*. ¿Lograrás completarlas eligiendo las palabras correctas de entre las que se enumeran debajo?

—¡Señor Bennet! ¿Cómo puedes hablar así de tus hijas?
Te encanta disgustarme. No tienes compasión de _______.
(mis pobres nervios / mi pobre estómago / mi pobre corazón / mis pobres hijas)

—Me temo, señor Darcy —observó la señorita Bingley a media voz—, que esta aventura habrá afectado bastante la admiración que sentía usted por sus bellos _______.
(ojos / pies / dedos / tirabuzones)

—Bien mirado, creo que no hay nada tan divertido como _______.
(bailar / cabalgar / cantar / leer)

—¡Qué delicia!, ¡qué felicidad! Me haces revivir,
esto me da fuerzas. ¡Adiós al desengaño y al rencor!
¿Qué son los hombres al lado de las rocas y de _______?
(los árboles / las montañas / los palacios / las vacas)

Gustar _______ era el primer paso para llegar a enamorarse.
(del juego / de la cocina / de la lectura / del baile)

—Quizá se me pueda acusar de rencoroso. Cuando pierdo _______ que tengo sobre alguien, es para siempre.
(la buena opinión / la confianza / la admiración / el respeto)

—¿Puede haber síntomas más claros? ¿No es _______ con todos los demás, la esencia misma del amor?
(la inapetencia / la descortesía / la lucha constante / la depresión)

Elizabeth no se había visto nunca en la situación de fingir que sus sentimientos eran lo que no eran en realidad. Pero ahora tuvo que reír cuando más bien habría querido _______.
(huir / llorar / maldecir / morirse)

Perdidos en el tiempo

JANE AUSTEN

1775
Nace el 16 de diciembre en Steventon

1790
Escribe *Amor y amistad*

1792
Escribe ***El castillo de Lesley***

1794
Escribe ***Lady Susan***

1795
Escribe *Elinor y Marianne*, primer borrador de ***Sentido y sensibilidad***

1796
Se enamora de Tom Lefroy

1797
Termina el primer borrador de ***Orgullo y prejuicio***

1799
Termina de escribir *Susan*, que más tarde se publicaría como ***La abadía de Northanger***

1776
Declaración de la independencia de América

1789
La Revolución francesa comienza con la toma de la Bastilla

1792
Mary Wollstonecraft publica ***Vindicación de los derechos de las mujeres***

1794
Ann Radcliffe publica ***Los misterios de Udolfo***

1798
Revolución irlandesa contra el dominio de los protestantes

1799
Con un golpe de Estado, Napoleón se convierte en el primer cónsul de Francia

1801 Se muda a Bath

1802 Acepta, y luego rechaza, la petición de matrimonio de Harris Bigg-Wither

1809 Se muda a Chawton con su madre y su hermana, Cassandra

1811 Publica *Sentido y sensibilidad*

1813 Publica *Orgullo y prejuicio*

1814 Publica *Mansfield Park*

1816 Publica *Emma* y escribe *Persuasión*

1817 Fallece el 15 de julio, mientras aún está escribiendo *Sanditon*

1803 Comienzan las guerras napoleónicas

1804 Napoleón se declara a sí mismo emperador de Francia

1811 Jorge III es declarado loco, y su hijo se convierte en rey regente

1814 Napoleón es exiliado a Elba

1815 Batalla de Waterloo

ACONTECIMIENTOS HISTÓRICOS

El espejo de las gracias

He aquí ocho útiles consejos de moda extraídos de *El espejo de las gracias* y compilados por «una dama de distinción».

1

Evita siempre el exceso. La modestia nunca puede ser ultrajante.

2

Mostrar deliberadamente el pie o el tobillo supone una odiosa falta de delicadeza. No obstante, si semejante hecho le ocurriera por accidente a una dama de tradición modesta, se consideraría un susurro de una timidez virginal.

3

Has de ser hermosa sin saberlo. Ante todo, una dama siempre debe ser hermosamente modesta.

4

Durante el día, todas las partes del cuerpo han de ir cubiertas. Únicamente al anochecer el escote podría bajarse o las mangas acortarse.

5

En invierno, si alguna dama deseara seguir llevando el pecho o los brazos desnudos, ha de saber que su descoquez atraerá la mirada de hombres indecentes y probablemente la muerte por tisis.

6

Solo las mujeres adultas pueden lucir piedras preciosas. Las mujeres jóvenes deberían adornar su cuerpo con flores, símbolo de la pureza juvenil.

7

Las mujeres poco agraciadas deberían vestir modestamente para evitar llamar la atención sobre sus defectos.

8

Una dama ha de estudiar las estatuas griegas para mejorar su postura y elegancia.

¿Qué sabes sobre Jane Austen?

Sumerjámonos una vez más en la vida de una de las autoras femeninas más famosas y queridas del mundo. ¿Serás capaz de responder correctamente a las siguientes preguntas?

1. *¿Cuántos años tenía Jane Austen cuando murió?*

A. 38
B. 49
C. 41

2. *¿Cuál de estos tres títulos no es el de una de sus novelas inacabadas?*

A. *Lady Susan*
B. *Los Watson*
C. *Sanditon*

3. *¿A quién dedicó una de sus novelas?*

A. A su hermana
B. Al príncipe regente
C. Al autor Samuel Richardson

4. *¿Dónde está enterrada Jane Austen?*

A. En la catedral de Winchester
B. En el cementerio de Steventon
C. En la abadía de Westminster

5. *¿Cuántos hermanos y hermanas tuvo?*

A. Cinco
B. Tres
C. Siete

6. *¿Cómo se llamaba su adorada hermana?*

A. Miranda
B. Cassandra
C. Elinor

7. *De todas sus novelas más extensas, ¿cuál fue la que escribió primero?*

A. *Sentido y sensibilidad*
B. *Orgullo y prejuicio*
C. *La abadía de Northanger*

8. *Recibió una proposición de matrimonio de*

A. Tom Lefroy
B. Harris Bigg-Wither
C. Benjamin Crosby

La cucharilla perdida

¡Pánico en la cocina! Nadie es capaz de encontrar la cucharilla favorita de lady Catherine. Al ser única (como ella), no existe otra igual. Descarta todos los pares de cucharillas idénticas que veas. ¿Conseguirás hallar la de lady Catherine?

La moda femenina

A continuación leerás algunas de las reglas que marcan este periodo de importantes cambios en la moda en general y en la femenina en particular. Verás que en esta época las mujeres abandonan la pomposidad y la ostentación de la riqueza para abrazar una elegancia infinitamente más sencilla y natural. Sigue estas pautas al pie de la letra para acertar con la elección de tu vestuario.

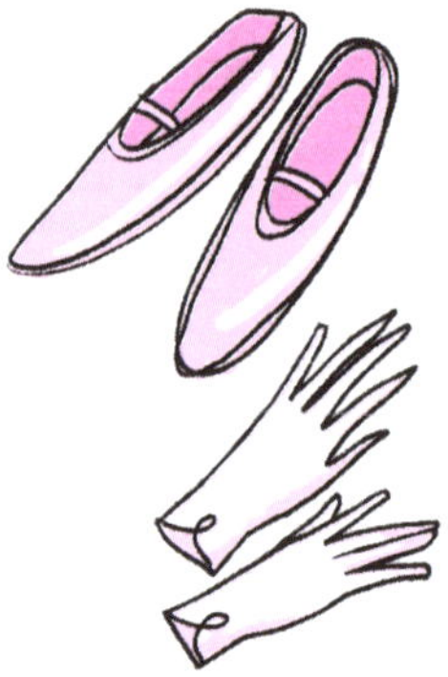

Los corsés se tornan más suaves (y a menudo acolchados para aumentar su grosor). Incorporan dos copas para el pecho y prescinden de las varillas, únicamente conservan una de madera en el centro de la parte delantera.

Siempre debe llevarse una fina blusa de lino debajo del corsé a modo de ropa interior.

La cintura se eleva hasta justo debajo del pecho para permitir que los tejidos ligeros y suaves envuelvan la figura. Las faldas llegan hasta los pies, y las mangas cortas y los escotes solo se permiten para las prendas de noche, pues durante el día las féminas deben mostrar modestia cubriéndose hasta el cuello.

Los zapatos acostumbran a ser bajos y planos, fabricados en cuero o seda. Los colores claros se reservan únicamente para los tejidos. De hecho, el color claro de una prenda indica el estatus social de la dama que la luce, dada la dificultad de mantener limpia la ropa en aquella época.

Se llevan los peinados al estilo griego, con bandas, coronas y turbantes. El pelo, siempre recogido, ha de decorar el rostro con delicados rizos.

Las capuchas y las capotas son habituales tanto en casa como al aire libre, y suelen ir acompañadas de chales y guantes largos.

Nacen los primeros bolsos de mano, a menudo compuestos por una simple red de hilos o cuentas, porque la falta de faldas amplias hace imposible ocultar bolsillos en los vestidos.

Pese a la aparente sencillez de la vestimenta femenina de este periodo, lo cierto es que el armario de una dama está repleto de prendas que se utilizan unas sobre otras. Numera estas prendas en el orden en que se usan.

La moda masculina

La ropa de hombre también ha experimentado una revolución: actualmente priman la refinada sencillez y la sobria elegancia. Con el paso del tiempo, se han abandonado los suntuosos tejidos bordados del siglo XVIII, así como sus tonos claros y mullidos encajes.

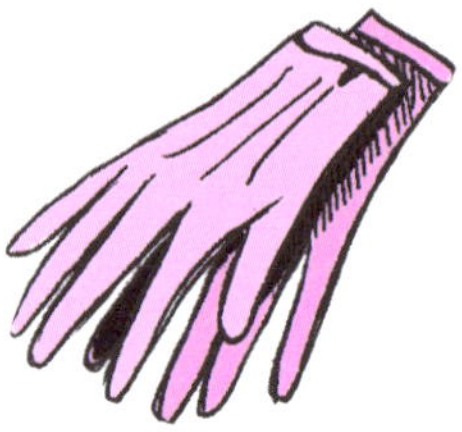

Se prefieren los colores más sobrios, como el azul, el negro, el gris oscuro y el marrón, al igual que los tejidos más prácticos, ya sea ante, lana o algodón.

Los pantalones cortos por debajo de la rodilla, combinados con calcetines largos de seda, quedan relegados a las ocasiones sociales más elegantes y a las fiestas nocturnas. Durante el día, los hombres se decantan por los pantalones largos, herencia de la moda marinera impuesta por el almirante Nelson. En la parte delantera, todos los pantalones llevaban un amplio cierre con botones que sería el precursor de la cremallera.

El estilo militar se fue introduciendo gradualmente con las botas altas, excelentes para el campo y la práctica de la equitación. Sustituyen a los típicos zapatos del siglo anterior, con tacones y hebillas. El calzado bajo de noche es de cuero y lleva cordones.

Las sobrias y prácticas chaquetas forradas son más cortas por delante y mantienen el faldón trasero dividido en dos piezas, para que resulten más cómodas a la hora de cabalgar. Los hombros acostumbran a estar acolchados para resaltar el peso y, para tal fin, algunos hombres lucen corsés y auténticos corpiños.

Las camisas de lino, únicamente disponibles en color blanco, tienen cuellos altos y almidonados para permitir la colocación de intrincados lazos.

No pueden faltar los tirantes y los chalecos, en los que se ha de alardear de un sinfín de botones.

En lugar del tricornio, los hombres de la época suelen llevar cilindros altos de seda, en fieltro o piel de castor.

Une los puntos

Aquí llega otro juego que te ayudará a relajarte. Une los puntos del 1 al 97 para descubrir la misteriosa figura.

El cuidado de la piel

En una época en la que la mayor aspiración de una dama era parecerse a una estatua griega de mármol, es fácil imaginar lo importante que era el cuidado de la piel. Descubre lo que te espera y encuentra el lugar adecuado en el que insertar estos ingredientes:

arena leche pie de becerro mantequilla fresca alcanfor pasas ensalada muselina

Pasta de Palermo

Cómo preparar un jabón para hidratar las manos.

Toma unos 450 gramos de jabón suave, 280 ml de aceite para __________, la misma cantidad de *brandy,* el zumo de tres limones, un poco de __________ muy fina y un chorro generoso de tu perfume favorito. Empieza hirviendo juntos el aceite y el jabón en un recipiente de terracota, y después añade los demás ingredientes. Una vez que todo esté frío, mezcla la pasta resultante con las manos.

Manteca de cacao

Toma unos 110 gramos de médula ósea (de buey). Disuélvela a fuego lento. Según se va derritiendo, vierte el líquido en un recipiente de terracota. A continuación, añade unos 28 gramos de esperma de ballena, veinte __________ sin semillas y una pequeña porción de raíz de alcanna suficiente para darle un color bermellón brillante. Deja cocer los ingredientes a fuego lento durante diez minutos, después fíltralo todo con un poco de __________ y, cuando aún esté caliente, incorpora una cucharadita de bálsamo de Perú. Viértelo en los recipientes definitivos, donde se solidificará y quedará listo para su uso.

Crema de L'Enclos

Un excelente gel de ducha que debe utilizarse por la noche y por la mañana para eliminar cualquier marca de bronceado.

Utiliza medio litro de __________, añade el zumo de un limón y una cucharada de aguardiente blanco, y ponlo todo a hervir. Ve retirando la espuma que se forme. Una vez frío, ya estará listo para su uso.

Agua de novillo

Hierve __________ en cuatro litros de agua de río hasta que se reduzcan a la mitad. Añade medio kilo de arroz y déjalo hervir junto con miga de pan remojada en leche, medio kilo de __________ y las claras de cinco huevos. Mezcla una pequeña cantidad de __________ y alumbre, y destila todo. La mejor manera de destilar estos ingredientes es al baño maría.

Anatomía de Jane

Evidentemente, nadie desea sufrir nunca un problema médico. Y además, el periodo de la Regencia no era el mejor para caer enfermo, sobre todo teniendo en cuenta que no fue hasta la segunda mitad del siglo XIX cuando se demostró científicamente la relación entre las bacterias y las enfermedades. Y tendrán que pasar varios años hasta que se generalice el empleo de la penicilina y la aspirina.

En la época de la Regencia británica, la gran mayoría de las prácticas médicas aún se basaban en la teoría del estado de ánimo. Según dicha teoría, que tuvo su origen en la Grecia clásica, para que el cuerpo esté sano, sus cuatro estados de ánimo han de estar en armonía.

La bilis negra, la bilis amarilla y la sangre se asociaban con los cuatro elementos naturales, ciertas emociones y, en consecuencia, diferentes problemas de salud. Por ejemplo, la bilis negra se relacionaba con un entorno frío y seco, de ahí que se asociara a emociones como la tristeza y la pena. Así, el exceso de bilis negra se atribuía a una enfermedad conocida como melancolía. Para tratar dichos desequilibrios, los médicos acostumbraban a practicar sangrías cuando sospechaban que en el cuerpo de su paciente había demasiada sangre. Habían de utilizarse sanguijuelas, que se compraban en una botica y luego tenían que conservarse en unos recipientes especiales. Los pacientes también eran sometidos a tratamientos de choque cuyo fin no era otro que el de devolverles la salud: choques térmicos, purgas, vómitos inducidos, sangrías, etc. En resumen, quien sobreviviera a estas prácticas bárbaras no podía sino recobrar plenamente la salud.

En caso de enfermedad, siempre se podía acudir a boticarios, cirujanos y médicos. Estos últimos pertenecían a la clase alta de la sociedad, estudiaban en la universidad, pero rara vez pisaban una facultad de Medicina. Cultos y distinguidos, nunca tocaban una herida ni practicaban una operación. Dicho de otro modo: observaban y elaboraban diagnósticos sin ensuciarse para nada las manos.

Los cirujanos, antes de empezar a ejercer, debían realizar un aprendizaje con un cirujano experto. Pese a su nombre, no practicaban operaciones (lo cierto es que se llevaban a cabo muy pocas, a sabiendas de su riesgo mortal) y a día de hoy equivaldrían a los médicos generales. Los boticarios, también de clase inferior, serían el equivalente a nuestros farmacéuticos actuales, pero muy a menudo hacían las veces de verdaderos médicos.

He aquí un ejemplo de botiquín que bien podrías llegar a tener a tu disposición. ¿Serías capaz de relacionar cada remedio con la enfermedad que supuestamente trata? Cuidado, algunos de estos remedios pueden llegar a ser más perjudiciales que beneficiosos.

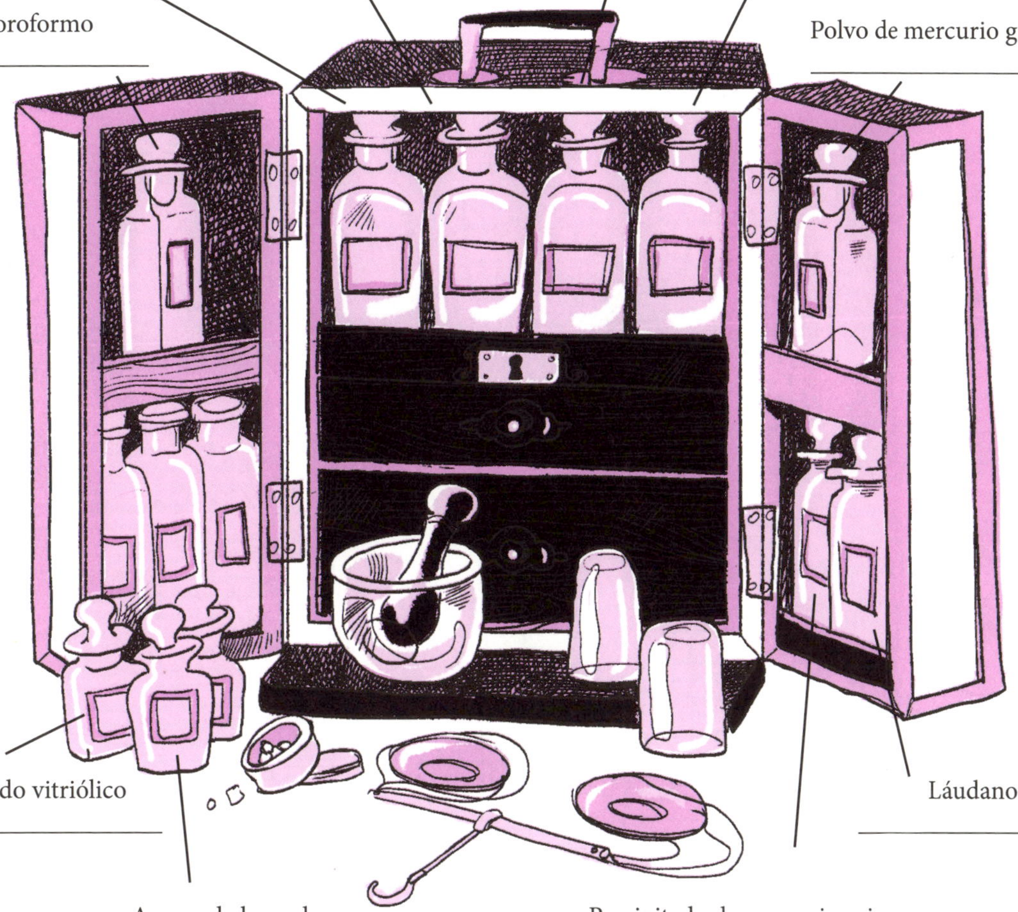

Acidez **Flatulencias** **Dolor de muelas** **Gripe y cólera**
Languidez y depresión **Estreñimiento** **Antiséptico para las llagas de la sífilis**
Dolor **Cólicos** **Fiebre**

La cocina de la Regencia

Para empezar a familiarizarte con los fogones de esta época, ármate de paciencia y busca los diez gatos escondidos. Cuando ya los hayas encontrado, repón energías coloreando la cocina.

Revisión final

Después de tanto estudio y tantísimos ejercicios, tu formación está casi completa. Demuestra lo que has aprendido eligiendo las respuestas correctas en este exhaustivo test final.

1. *Al preparar un banquete, la mesa se debe poner…*

A. al estilo francés
B. al estilo ruso

2. *El año 1816 ha pasado a la historia como…*

A. el año sin verano
B. el año sin guerra

3. *La mayoría de los duelos por honor se libraban con…*

A. una espada
B. una pistola

4. *Para protegerse de los rayos del sol, hay que preparar una loción con…*

A. miel, almendras y esperma de ballena
B. lavanda, miel y aceite de oliva

5. *El Grand Tour duraba…*

A. dos o tres meses
B. dos o tres años

6. *La temporada social de Londres tenía lugar…*

A. durante la temporada de la ópera
B. al tiempo que las sesiones del Parlamento

7. *Gretna Green era el lugar por excelencia para…*

A. tratarse las enfermedades biliares
B. contraer matrimonio sin el permiso paterno

8. *Una vinagreta es…*

A. un condimento para las verduras
B. un envase de uso médico

9. *Beau Brummel es…*

A. un almirante de la Marina inglesa
B. un *influencer* de moda

10. *El* cribbage *es…*

A. un juego de cartas
B. un tipo de corsé

11. *El príncipe regente se llama…*

A. Guillermo
B. Jorge

12. *Uno de los pintores más célebres de este periodo es…*

A. J. M. W. Turner
B. John Everett Millais

13. *1814 fue testigo de la inauguración del…*

A. primer ferrocarril
B. alumbrado público a gas

14. *En esta época, la panacea universal era…*

A. leche y agua de mar
B. extracto de rosa y esencia de alcanfor

15. *La ruptura de un compromiso solo le estaba permitida a…*

A. el hombre
B. la mujer

16. *La mayoría de edad se alcanzaba a los…*

A. 21 años
B. 17 años

17. *Antonin Carême es…*

A. un famoso arquitecto
B. un famoso chef de cocina

18. *La esposa de Jorge III de Inglaterra era…*

A. María
B. Carlota

El laberinto

¡Oh, jóvenes amantes! Ayuda a Lydia y a Wickham a escapar de un futuro romántico repleto de escándalos y problemas. ¿Lograrás dejar atrás a Darcy?

Diorama

Colorea, recorta y construye una mansión inglesa digna de alojar al señor Darcy.

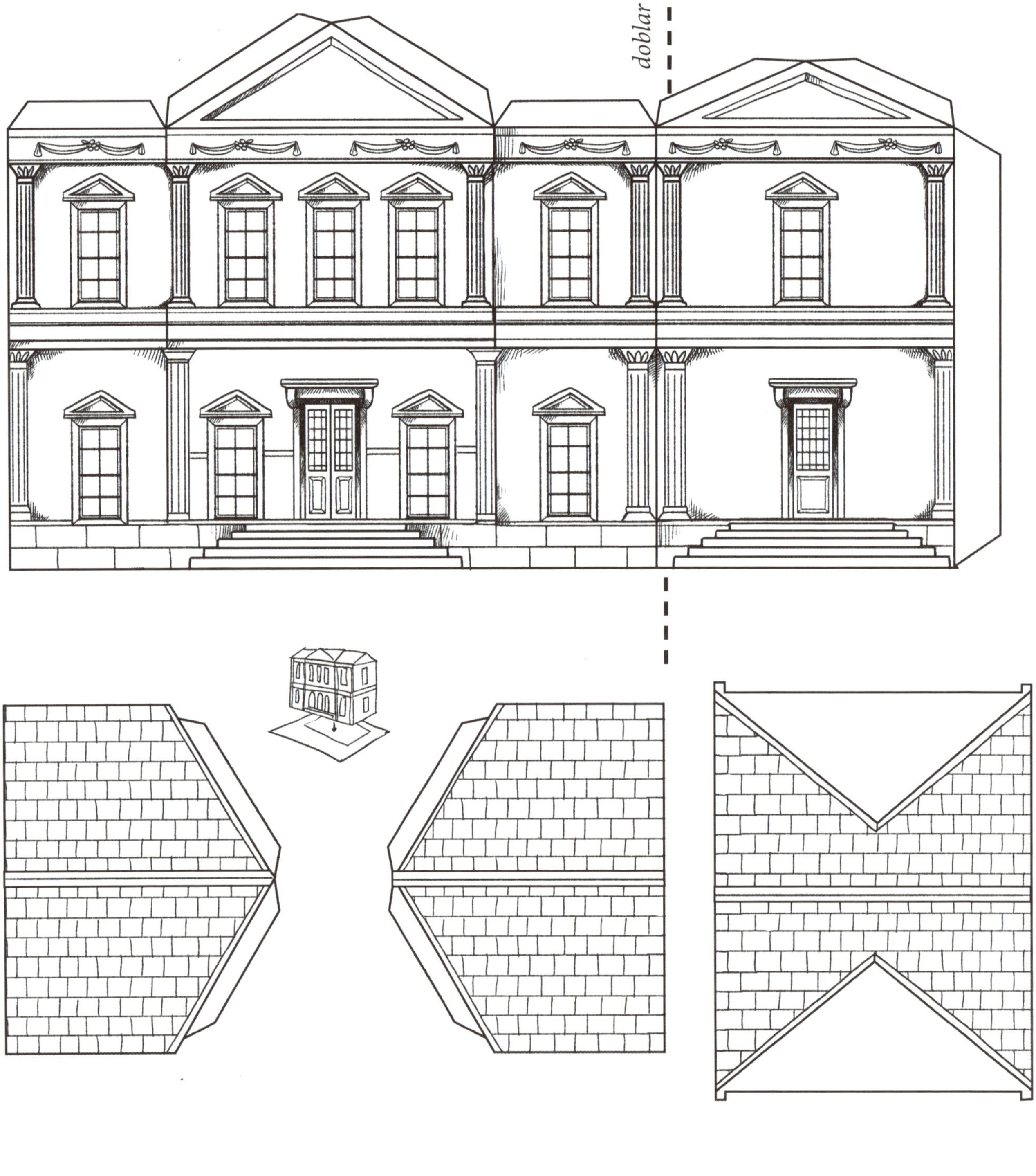

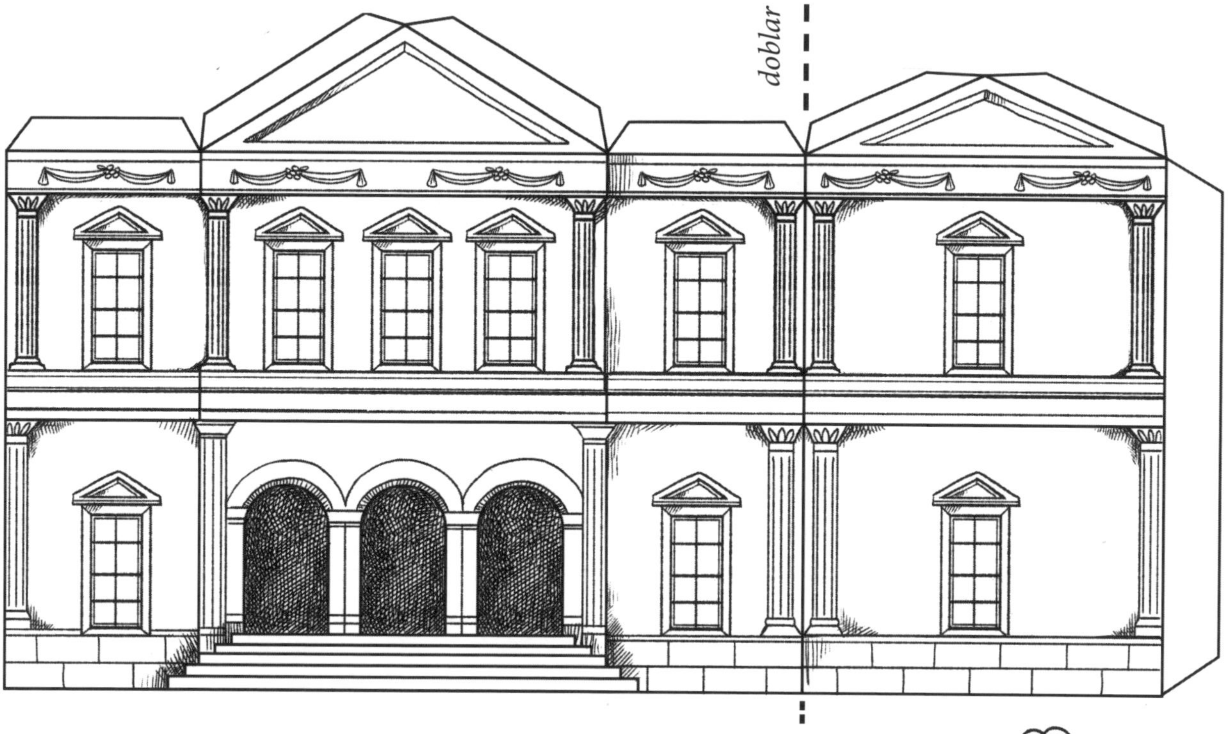
doblar

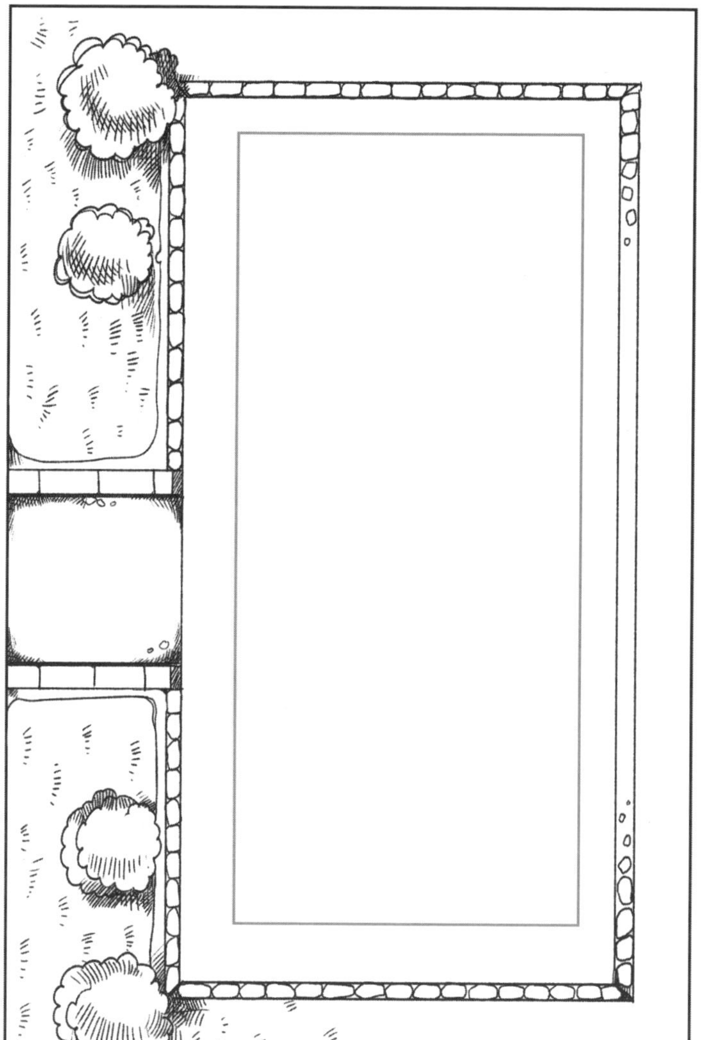

Scrapbook

Aquí tienes unos cuantos dibujos que te animamos a recortar para decorar tu cuaderno, tu diario o lo que quieras.

Un té a media tarde, una buena sesión de lectura o la preparación de una deliciosa mermelada. Aquí encontrarás todo lo que necesitas para hacer más especiales si cabe esos momentos que tanto disfrutas.

Te convido a una elegante

FIESTA DEL TÉ

....

Cuándo ....

Dónde ....

....

....

Personajes de papel

Con estos personajes de papel para pintar y recortar podremos echar un vistazo más de cerca al armario de Lizzy. Descubre sus prendas para el día y su ropa de noche. Elige el conjunto más adecuado para un elegante baile en Netherfield o para un agradable paseo hasta Meryton.

«Casi no me di cuenta de que llevaba las enaguas sucias».
SEÑOR BINGLEY

Personajes de papel

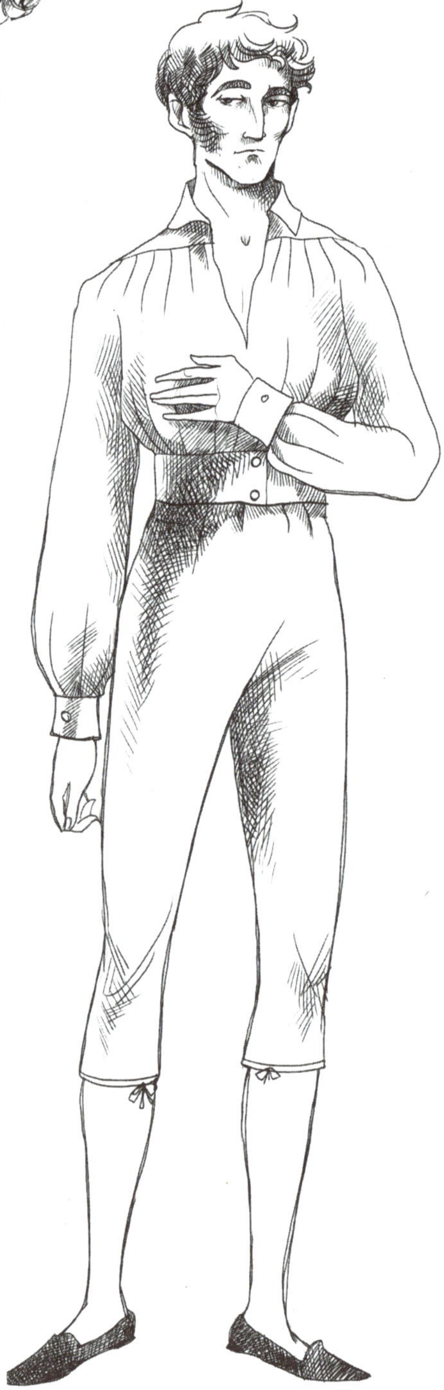

Y no podemos olvidarnos de Darcy, siempre tan distinguido y elegante. Bueno, *casi* siempre.

Notas

Notas

Notas

Notas

Soluciones

5. Diez cosas que debes saber sobre Jane Austen

La afirmación incorrecta es la número 5, porque el título inicial de *Orgullo y prejuicio* fue *Primeras impresiones.*

6. La fiesta del té

1. Verdadero
2. Falso
3. Falso
4. Verdadero
5. Verdadero
6. Verdadero
7. Verdadero
8. Falso
9. Falso
10. Verdadero
11. Verdadero
12. Falso
13. Verdadero

12. ¿Qué sabes sobre el señor Darcy?

1. Falso
2. Verdadero
3. Falso
4. Falso
5. Verdadero
6. Verdadero
7. Verdadero
8. Falso
9. Falso
10. Verdadero
11. Falso
12. Falso

14. Sopa de letras

A	Y	C	O	L	L	I	N	S	N	F	S	J	I
L	D	Y	K	H	N	A	F	B	U	T	W	X	P
C	L	E	Y	T	E	G	A	R	D	I	N	E	R
V	E	L	A	E	T	R	S	B	U	R	M	W	C
E	I	G	N	B	S	M	O	J	V	B	Y	A	V
T	F	N	A	A	U	A	K	S	E	M	T	M	N
T	R	I	I	Z	A	R	K	R	I	H	X	O	R
O	E	B	G	I	Q	Y	L	I	E	N	T	G	A
L	H	F	R	L	X	E	B	R	T	Y	G	Q	M
R	T	T	O	E	Y	Z	I	E	R	T	E	S	S
A	E	Q	E	T	N	N	M	E	N	J	Y	Z	G
H	N	G	G	B	E	V	M	M	A	N	B	K	A
C	M	R	H	U	R	S	T	N	U	Y	E	N	T
X	F	D	A	R	C	Y	E	K	F	Y	S	T	E
E	E	R	I	H	S	D	R	O	F	T	R	E	H

15. Invitación al baile

1. Verdadero
2. Verdadero
3. Verdadero
4. Falso
5. Verdadero
6. Falso
7. Verdadero
8. Falso
9. Verdadero
10. Falso
11. Verdadero
12. Falso

23. Muselinas y encajes

1. B
2. C
3. C
4. A
5. C
6. C
7. B
8. A

25. Un paseo con Lizzy

¡Y en aquel instante conoció ella que ser señora de **Pemberley** valía algo!

No tengo miedo de que se muera. La gente no se muere por pequeños resfriados sin importancia. Tendrá buenos cuidados en **Netherfield.**

Hace aproximadamente un año, envié a mi hermana, que tiene diez años menos que yo, de vacaciones a **Ramsgate,** en Kent, con su institutriz.

Después de recibir esta información, y cuando todos habían tomado asiento, Collins pudo observar todo a sus anchas; las dimensiones y el mobiliario de la pieza le causaron tal admiración que confesó haber creído encontrarse en el comedorcito de verano de **Rosings.**

Lydia y su madre trataron de convencer al señor Bennet con todas sus fuerzas para que las llevara también a ellas varios meses a **Brighton,** pues estaban seguras de que el verano en Hertfordshire sin los soldados sería horrible.

Soluciones

—Yo estoy bien. Lo único que me pasa es que estoy devastada por una horrible noticia que acabo de recibir de **Longbourn.**

La señora Bennet se quedó completamente desolada cuando Lydia y el señor Wickham dejaron Longbourn para partir hacia el norte en dirección a **Newcastle.**

Con los Gardiner estuvieron siempre los Darcy en la más íntima relación. Darcy, lo mismo que Elizabeth, los quería de veras; ambos sentían la más ardiente gratitud por las personas que, al llevar a Elizabeth a **Derbyshire,** habían sido las causantes de su unión.

«Elija usted bien, elija pensando en mí y en usted mismo; procure que sea una persona activa y útil, de educación no muy elevada, pero capaz de sacar buen partido a pequeños ingresos. Este es mi consejo. Busque usted esa mujer cuanto antes, tráigala a **Hunsford** y que yo la vea».

27. El laberinto

29. Las reglas del té

La afirmación incorrecta es « Sirve el té en tu mejor taza. Para una elegancia aún mayor, levanta el dedo meñique mientras sostienes la taza».

30/31. La columna de lady Catherine

1. *El gran Gatsby*: Jay Gatsby
2. *Jane Eyre*: Bertha Mason
3. *Grandes esperanzas*: Pip
4. *El conde de Montecristo*: Edmond
5. *1984*: Winston
6. *Frankenstein*: El Monstruo

32-33. Un auténtico caballero

- Un caballero se presenta a las damas.
- Al saludar a una dama, el caballero debe hacer una reverencia.
- Cuando se visita la residencia de alguien, es descortés permanecer más de 30 minutos.
- Cuando una dama abandona una sala, los caballeros han de ponerse en pie.
- En una conversación con una dama, el caballero ha de hablar del tiempo y de los acontecimientos del día.
- Para saludar a un desconocido por primera vez, debe quitarse el sombrero con la mano izquierda y estrechar la mano con la derecha.
- Cuando alguien acuda a visitarlo a casa, su atuendo debería ser más modesto que el de su invitado.
- Al visitar a otra persona en su casa, no debe darle una propina a sus sirvientes.
- Siempre que entre en una sala, ha de saludar en primer lugar a la anfitriona.
- Cuando le faltan al honor, ha de hacer todo lo que está en su mano para resolver la cuestión pacífica y dignamente.

Soluciones

34. Diez hechos que sucedieron durante la vida de Jane Austen

La afirmación incorrecta es la número 5: *Frankenstein* se publicó en 1818.

36. Encuentra las diferencias

37. Señor Collins

1. A
2. C
3. B
4. A
5. B
6. C

40. La silueta oculta

41. Personajes

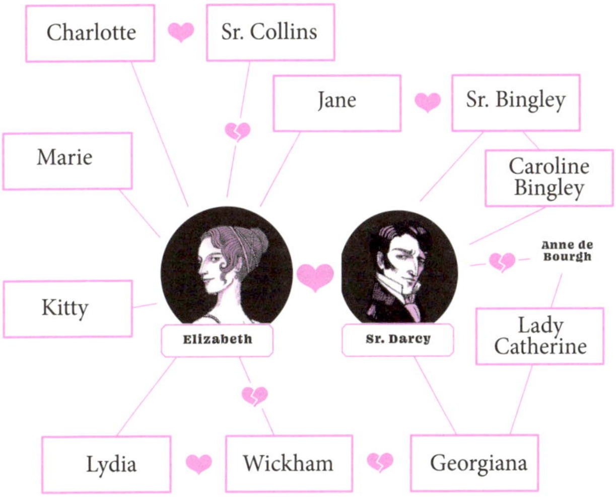

43. Citas

- Hay en mí una obstinación que me impide doblegarme ante la voluntad de los demás. Mi valor aumenta cuando tratan de intimidarme.
- ¿Para qué vivimos sino para divertir a nuestros vecinos y reírnos de ellos cuando nos corresponda?
- ¿Qué son los hombres al lado de las rocas y las montañas?

45. El servicio de té

Soluciones

47. Crucigrama

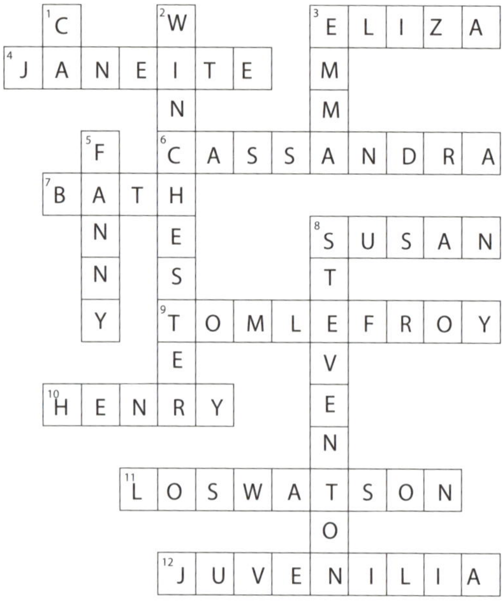

48. ¿Quién y dónde?

Netherfield	Señor Bingley
Pemberley	Señor Darcy
Longbourn	Elizabeth
Rosings	Lady Catherine
Hunsford	Señor Collins
Ramsgate	Georgiana
Brighton	Lydia
Londres	Gardiners

51. El matrimonio

La afirmación incorrecta es la número 9.
La mayoría de edad está fijada a los 21 años.

54. Encuentra las diferencias

59. Superventas *vintage*

- *La historia de sir Charles Grandison* de Samuel Richardson
- *Evelina* de Frances Burney
- *La tarea: un poema en seis libros* de William Cowper
- *Los misterios de Udolfo* de Ann Radcliffe
- *El monje* de Matthew Lewis
- *Educación práctica* de Maria Edgeworth
- *La dama del lago (poema)* de sir Walter Scott
- *El corsario* de lord Byron

Soluciones

60. Sopa de letras

P	U	B	K	R	O	N	I	L	E	V	J	B	C
M	R	U	K	V	W	O	B	F	A	K	N	A	E
Y	D	I	H	L	V	D	Z	D	H	C	S	T	D
X	A	F	C	Z	H	I	N	S	A	S	D	H	J
Z	Z	V	N	E	P	A	M	A	A	M	X	D	F
B	E	N	N	E	T	M	M	N	L	C	M	I	K
F	E	R	R	A	R	S	D	P	N	R	U	E	P
G	N	Y	P	A	H	R	A	O	S	Y	O	L	T
Z	S	G	N	J	A	V	D	L	I	H	O	M	I
Y	T	N	A	I	C	N	E	G	E	R	I	L	L
N	E	R	E	A	A	V	C	E	S	T	H	R	N
N	E	P	K	R	U	S	S	E	L	L	N	V	E
A	L	J	B	N	B	E	R	T	R	A	M	E	Y
F	E	J	W	N	O	T	W	A	H	C	P	S	K
N	I	V	U	G	T	O	I	L	L	E	O	H	B

61. Citas

- mis pobres nervios
- ojos
- leer
- las montañas
- del baile
- la buena opinión
- la descortesía
- llorar

69. ¿Qué sabes sobre Jane Austen?

1. C
2. A
3. B
4. A
5. C
6. B
7. A
8. B

67. La cucharilla perdida

69. La moda femenina

Soluciones

71. Une los puntos

73. El cuidado de la piel

ensalada arena pasas muselina leche
pie de becerro mantequilla fresca alcanfor

75. Anatomía de Jane

Sulfato de magnesio (sales de Epsom) – acidez
Esencia de menta – flatulencias
Esencia de clavo – dolor de muelas
Esencia de alcanfor – gripe y cólera
Aroma de lavanda – languidez y depresión
Polvo de mercurio gris – estreñimiento
Precipitado de mercurio rojo – antiséptico para las llagas de la sífilis
Láudano – dolor
Cloroformo – cólicos
Ácido vitriólico – fiebre

76-77. La cocina de la Regencia

78-79. Revisión final

1. A
2. A
3. B
4. A
5. B
6. B
7. B
8. A
9. B
10. A
11. B
12. A
13. B
14. B
15. B
16. A
17. B
18. B

80. El laberinto

Bibliografía

- *Jane Austen a life*, de Claire Tomalin
- *Jane Austen fashion*, de Penelope Byrde
- *Tea with Jane Austen*, de Kim Wilson
- *The Mirror of the Graces*, de A Lady of Distinction
- *An Unfortunate Mother's Advice to Her Absent Daughters*, de Sarah, Lady Pennington
- *A system of etiquette*, de John Trusler
- *Jane Austen's World*, disponible en janeaustensworld.com
- *Jane Austen*, disponible en janeausten.org
- *The Regency Town House*, disponible en rth.org.uk/regency-period

Las autoras

Querido amante de los libros:

Somos Elisabetta Stoinich y Laura y Luisa Lodetti, ilustradoras y autoras italianas con más de veinte años de experiencia en la edición de libros tanto para adultos como para jóvenes. Las tres compartimos una enorme pasión por los grandes clásicos de la literatura. Y fue precisamente esa pasión la que, en el año 2020, nos empujó a crear nuestro proyecto en conjunto, Il Cartavolante.

Il Cartavolante es una hoja de 50 x 70 cm doblada sobre sí misma que ofrece una nueva visión de esos libros de siempre que todos conocemos y amamos, al combinar curiosidades, ilustraciones, letras a mano y gráficos. Un auténtico fanzine de colección entre los estilos pop y clásico, dedicado tanto a los más expertos como a los lectores más curiosos e intrépidos.

Con ese mismo espíritu y con nuestra característica pasión, hemos creado estos cuadernos de actividades inspirados en magníficos escritores y fabulosas historias. Nuestro objetivo: difundir el amor por los libros y regalar a los lectores horas de diversión mientras se sumergen en sus novelas favoritas.

¡Contagiemos a todos nuestro cariño por la literatura!

Créditos de las fotografías e imágenes

Getty Images: 32, 44, 62 abajo, derecha centro y derecha,
63 izquierda abajo y centro abajo, 74 arriba, 79.

Shutterstock.com: 19, 49, 60 (cuadro), 62 izquierda arriba, derecha arriba e izquierda centro,
63 izquierda arriba y derecha arriba, 65 (cuadro), 73 izquierda y derecha, 74 abajo.

Las fotos de los objetos de las páginas 6, 22, 23, 28, 29
son cortesía de Rijksmuseum, Ámsterdam.

Título original: *Novel Escapades, Pride and Prejudice*
Concebido y creado por Il Cartavolante (Elisabetta Stoinich+Pemberley Pond).

Primera edición: marzo de 2025

Valentín Beato, 21. 28037 Madrid
anayainfantilyjuvenil.com

Director editorial: Pablo Cruz
Editora: Patricia Emo Marty
Asistente editorial: Mercedes González Grande

PAPEL DE FIBRA CERTIFICADA

ISBN: 978-84-143-4238-1
Depósito legal: M-24011-2024
Impreso en España - *Printed in Spain*